KB122489

굿바이, 헤이세이

平成くん、さようなら

# 굿바이,
# 헤이세이

**후루이치 노리토시 지음 | 서혜영 옮김**

토마토
출판사

—

 

그가 안락사를 생각하고 있다고 고백한 것은 내가 아마존에서 여성용 바이브레이터 고객 리뷰를 읽고 있을 때였다. 덴마크 브랜드가 개발한 고급 바이브레이터의 상품 페이지에는 투고자 '요시타카' 씨가 쓴, "모든 초심자에게"라는 제목의 긴 글이 실려 있었다. 그 글을 모두 믿는다면 우선 '요시타카' 씨는 처녀다. 그리고 지금까지 스스로 "손가락을 하나만 넣어봤"으며, 이 바이브레이터로 연습한 결과, 부드럽고 쾌적한 자위행위를 할 수 있게 되었다. '요시타카' 씨는 이 바이브레이터 덕분에 남자친구를 원하는 마음이 완전히 사라졌으며 인생에 자신감을 가질 수 있게 됐다고도 썼다. 나는 처녀도 아니었고 부드러운 바이브레이터를 원하는 것도 아니었지만, 그 정도로 '요시타카' 씨에게 자신감을 준 제품이라면 카트에 넣어도 좋지 않을까 생각하던 중이었다.

그가 성행위를 싫어하는 탓에 나는 정기적으로 여성용 섹스토이를 사는 습관을 갖게 되었다. 침실에는 이로하, 스바콤, 피에라 등, 수십 종류의 로터, 바이브레이터가 줄줄이 놓여 있다. 최신 애용품은 우머나이저다. 진동만이 아니라 흡인력을 이용해서도 여성을 오르가슴으로 이끌어준다는 독일제 상품으로, 각도나 강도도 세세하게 조정할 수 있다. 바이브레이터나 로터에 익숙해지고 나면 다음 선택은 망설일 것 없이 우머나이저라고 친구가 권해줬는데 기대 이상을 해주는 제품이었다. 그러나 우머나이저에도 싫증이 나기 시작하여 새로운 섹스토이를 찾고 있던 중이었다.

성인용품에 관한 청구서는 모두 그에게 가는 것으로 정해둔 터였다. 나도 그도 돈 때문에 어려울 일은 없는 처지였으므로, 그건 우리의 타협이며 결속의 상징이기도 했다. 우리의 섹스에 책임을 지는 것은 우리여야 한다. 그 책임을 질 수 없다면 응분의 보상을 할 필요가 있다. 그 점을 서로 이해하고 있다는 사실을 구체화한다는 의미에서, 섹스토이에 관한 지불을 책임지라는 나의 요구를 그가 받아들인 것이다.

그런 만큼 섹스토이를 고르는 행위는 내 생활에서 나름의 중요한 의미가 있다. 그래서 내가 섹스토이를 고르고 있는 중에 그가 내게 안락사를 하겠다는 말을 던졌을 때, 그가 어떤 얼굴을 하고 어떤 각오를 표시하고 있었는지 전혀 떠올릴 수 없다. 다만 그에 의하면 나는 마치 아침 식사 메뉴로 이거 어때 하고 물었을 때처럼 "응, 좋아"라고 대답했다고 한다. 지금 와서 생각해보면 평소에 그의 제안에 이의를 제기하는 일이 별로 없었기 때문에 반사적으로 동의의 말을 해버린 것 같다.

1989년 1월 8일에 태어난 그는 올해로 29살이 되었다. 그가 사회에서 주목받기 시작한 것은 지금부터 7년 전이다. 22살 때 쓴 대학 졸업논문이 지도교수와 출판사 편집자의 눈에 띄어 단행본으로 출간되었다. 박사논문이나 석사논문이 책으로 출간되는 일은 종종 있지만 학부생이 쓴 졸업논문이 햇빛을 보는 경우는 드물다. 그렇게 된 것은, 그해가 2011년이었기 때문이다.

그해 3월 11일에 일어난 지진*으로 인해 그가 다니던 대학에서는 졸업식을 하지 않기로 했고, 그 대신 지도교수가 개인 차원에서 제자들에게 졸업파티를 열어줬다고 한다. 지도교수는 그 파

---

* 2011년 3월 11일에 발생한 규모 9.0의 동일본대지진. 뒤이은 거대한 쓰나미로 후쿠시마 제1원전에서 수소 폭발과 방사능 유출 사고가 발생했다.

티에서 축사를 하기 위해 학생들의 졸업논문을 다시 읽었다. 문예평론 일로 바쁜 인물이라 보통 때라면 그런 수고를 할 리 없었겠지만, 대학 입장에서는 졸업식을 열어주지 못한 데 대한 미안한 마음도 있었을 것이다. 혹은 연재를 하던 매체가 일시적으로 휴간되는 바람에 시간 여유가 생겼던 것뿐일지도 모른다. 여하튼 지도교수는 그의 졸업논문이 지진 이후의 시류와 매우 잘 어울린다는 사실을 알아차렸다.

논문은 당시 화제가 됐던 원자력발전소에서 일하는 젊은이들을 상대로 정성 들여 청취 조사를 해서 원전의 공과 죄를 그려낸 내용이었다. 교수가 예전에 그 논문을 읽었을 때에는 문장력이 좋기는 하나 평범한 테마라고 생각했을 것이다.

그러나 3월 11일을 경계로 상황이 돌변했다. 교수가 다시 읽은 그 논문에는 당시 사람들이 알고 싶었던 내용이 다 들어 있었다. 더구나 분량은 충분했고 조금만 첨삭을 하면 바로 책으로 낼 수 있을 만한 수준에 도달해 있는 논문이었다. 교수는 곧바로 친하게 지내는 고단샤(講談社)의 편집자를 그에게 소개했고, 논문은 소프트커버 단행본이라는 형태로 그해 5월에 출간되었다.

책은 출간 후 바로 화제가 되었고, 매스컴은 지진에 대한 내용을 다룰 때마다 약속이나 한 듯이 그를 거론했다. 1, 2년도 안 되는 사이에 이 나라는 지진에 대한 흥미를 깨끗이 잃어버렸지만,

그는 그사이에 관심 분야를 차례차례 바꿔가며 글을 계속 썼다.

2050년의 일본을 무대로 한 미래소설, 일본 사회의 구조를 비주얼하게 해설한 도감 등을 정력적으로 발표하여, 그는 어느새 문화인이라고 하는 카테고리에 확실하게 자리 잡는 인물이 되었다. 최근에는 영화나 드라마의 각본에까지 손을 뻗었다. 그가 사람들에게 주목을 받은 데에는 몇 가지 이유가 있겠지만 아마도 최대의 포인트는 이름에 있었을 것이다.

그의 이름은 히토나리(平成)다. 이 나라가 헤이세이(平成)라는 연호를 쓰기 시작한 날에 태어나는 바람에 편의적으로 붙여진 이름이었지만, 결과적으로 그것은 그의 인생에 크게 공헌하게 되었다. 그는 '히토나리(平成)'라는 그 이름으로 인하여 매스컴으로부터 마치 '헤이세이(平成)'라는 시대를 상징하는 인물인 양 취급받기 시작했다.*

더구나 그는 '헤이세이인(平成人)'이라고 부르는 게 어울리다 싶을 용모를 하고 있었다. 187센티라는 장신에 우주인 같은 역삼각형 윤곽의 작은 얼굴. 눈언저리까지 덮을 것 같은 무거운 앞머리. 가느다라면서도 날카로운 시선. 하지만 입술만은 두꺼워서 모델

---

* 일본어에서는 한자를 음으로도 읽고 뜻으로도 읽는다. '히토나리'는 '平成'를 뜻으로 읽은 인명, '헤이세이'는 같은 '平成'를 음으로 읽은 일왕의 연호이다.

이라고 해도, 연쇄살인범이라 해도, 납득할 만한 생김새다. '유토리 세대'*나 '사토리 세대'**라는 세대론이 화제가 될 때마다 그는 헤이세이의 대표로서 매스컴에 불려나가게 됐다.

내가 히토나리와 처음 만난 것은 잡지의 대담 자리에서였다.

나는 애니메이션 프로듀서나 일러스트레이터라는 그럴싸한 직함이 있기는 했지만, 실제로는 아버지가 남긴 저작물을 관리하는 게 주된 일이었다. 만화가였던 아버지 세토 류세이(瀬戸流星)는 애니메이션으로도 제작된 인기 작품을 여럿 남겼는데, 그중에서도 '부부냐냐'라는 캐릭터는 1500억 엔 규모의 빅 비즈니스가 됐다. 1975년부터 연재가 시작되어 휴재를 포함하여 아버지가 죽은 1999년에 연재가 끝났지만, 지금도 애니메이션은 매주 방송되고 있고, 해마다 봄이 오면 개봉하는 스페셜 영화는 늘 흥행수입 30억 엔을 웃돈다.

지금은 어머니가 저작권관리회사인 세토프로의 사장을 맡고 있지만, 67세인 그녀는 슬슬 대표직을 양도하고 싶다고 말한다. 나도 몇 년 전부터 '부부냐냐' 관련 일을 늘리면서 세토 류세이

---

\* 일본에서 1980년도(협의로는 2002년도 이후)부터 2010년대 초기까지 실시됐던 유토리 (=여유) 있는 학교를 목표로 한 '유토리 교육', 즉 경쟁 없는 교육을 받은 젊은 세대

\*\* 1980년대 후반에서 1990년대 초반 사이에 출생한 일본의 젊은 세대로, 돈벌이 · 출세 · 연애 · 여행 따위에 관심을 두지 않고 주어진 현실에 만족하며 살아가는 세대

의 딸로서 매스컴을 타는 기회가 늘어나고 있었다. 히토나리는 '부부냐'냐' 탄생 40주년 기념으로 제작될 영화에 각본가로 참가했다. 그 프로모션을 위해 『다빈치』에서 나와 그는 대담을 하게 되었다.

첫 만남에서 받은 인상은 지금도 또렷하다. 로봇 같은 사람이라고 생각했다. 매사 지극히 논리적으로 이야기하지만 사이사이에 적당히 농담을 끼워 넣는다. 진지한 표정으로 대화를 하지만 틈틈이 웃는 얼굴을 섞는다. 이 농담과 웃는 얼굴 표정이 너무나도 일정한 간격으로 찾아와서 나는 강렬한 위화감을 느꼈다.

대담 말미에 그 사실을 지적하자 "최근에는 시뮬레이션이 잘되고 있다고 생각했는데"라고 말하며 얼굴을 찡그렸다. 그 찡그릴 때의 표정만큼은 그가 스스로 잘한다고 하는 시뮬레이션은 아닌 것 같았다. 그때의 얼굴을 보고 그에게 인간다운 면도 있구나 하고 안심했던 기억이 난다. 동시에 그에 대해서 더 알고 싶다는 생각도 들었다.

내가 그에게 흥미를 가진 데에는 이유가 하나 더 있었다. 우리는 생년월일이 같았다. '히토나리(平成)'라는 보편적이면서도 유니크한 이름의 그와 달리, 내 이름은 1989년에 가장 많은 여자아이에게 붙여진 '아이(愛)'였다. 지금에 와서는 아버지의 이 평범함이야말로 아버지가 히트 메이커가 된 이유일 거라고 생각하지만,

나는 내게 붙여진 이 흔하디흔한 이름이 늘 마음에 들지 않았다.

나는 그와 가까운 사람이 되고 싶어서 상하이에 사는 친구가 가르쳐준 테크닉을 썼다. 사람은 한 달에 한 번 만나는 식으로는 몇 년을 계속해서 만나도 친밀한 관계가 되지 못한다. 중요한 것은 단기간에 얼마나 집중해서 만나느냐 하는 것이라고 친구가 말했다. 그래서 그에게 몇 번이나 같이 식사를 하자고 했다. 처음부터 일대일로 식사를 하는 것은 어색한 일이라서, 여러 사람이 함께 하는 회식이나 인랑(人狼) 게임*에 와달라고 몇 번이나 청했다. 그는 바쁘다는 이유로 몇 번이나 나의 청을 거절했지만 그럴수록 나는 더 집요해져서 거절당한 횟수보다 더 많은 횟수를 와달라고 청했다. 결국 우리의 거리는 단숨에 좁혀졌고 벌써 2년 가까이 같이 살고 있는 중이다.

히토나리와 지내면서 나는 무척 편안했다. 내가 불면으로 힘들어할 때는 "잠 안 자고 포켓몬GO를 할 수 있다니 부러워"라고 진심으로 부럽다는 듯이 말해줬고, 일이 생각한 만큼 좋은 평가를 받지 못해서 울적해졌을 때는 "너무 과한 칭찬을 들으면 오히려 마음이 불편하지 않은가?" 하며 웃어줬다. 있을 수 없는 일

---

\* 마을 사람 팀과 인랑(=늑대인간) 팀으로 나뉜 참가자들이 각각 팀의 승리를 위해 싸우는 롤플레이형 커뮤니케이션 게임. 마피아 게임과 유사하다.

이지만, 만약 내가 사람을 죽였다 해도 "그럴 만한 이유가 있었던 거지?" 하며 어깨를 두드려주었을 것이다. 그는 언제나 상식과 습관에서 자유로웠다. 그래서 그와 이야기하고 있으면 나를 괴롭히던 일도 실은 별거 아닌 것으로 느껴지면서 언제나 즐거운 기분이 될 수 있었다.

나와 동거하기로 합의해준 것은 그 역시 나에게 호의를 품고 있었기 때문일 것이다. 그러나 그는 나를 연인으로 부르고 싶어 하지 않는다. 연인인가 친구인가, 애정인가 우정인가 하는 이항 대립에는 흥미가 없다고 그는 말한다. 어떤 사람에게든 다정하게 대한다는 룰을 자신에게 부과하고 있기에, 누군가를 다른 사람과 달리 특별하게 취급하고 싶지 않다는 게 그의 지견이다.

실제로 그는 직접적으로 이해관계가 있는 사람에게는 물론, 그렇지 않은 모든 사람들을 살갑게 대했다. 본심인지 겸연쩍어서 일부러 그렇게 말하는 것인지는 알 수 없지만, 그는 타인에 대한 다정한 태도를 "계산이야"라고 내게 주장하고 있다. 나도 반쯤 포기한 상태라 지금은 그의 주장을 인정하는 상태다.

갑자기 배가 고프다는 신호가 왔다. 시계를 보니 19시가 지났다. 오늘은 둘 다 일찍 집에 와서 각자의 일을 하고 있었다. 그의 밤 시간은 거의가 식사 약속으로 차 있어서 이 시간에 우리가 집에 같이 있는 것은 매우 드문 일이었다. 어쩌면 그는 자신이 죽는 것에 대해서 나와 함께 의논을 하고 싶었던 것일지도 모른다. 아니, 정확히 말하면 의논이라기보다 보고겠지. 그는 별로 고민 하지 않는다. 스스로 결정한 룰에 따라서, 매일매일 어떤 일이든 마치 공식을 이용하여 연립방정식을 풀어가듯이 하나하나 처리 해 간다.

그러나 그도 누군가에게 설득당하거나 생각을 바꾸는 경우 가 있다. 자신이 생각해낸 공식에서 빠져 있던 조건을 상대가 알 려주었을 때다. 그럴 경우 그는 새로운 공식에 따라 다시 계산 을 한다. 그리고 인간인 그는 때때로 커다란 계산 실수를 하기도 한다. 그의 계산과 나의 직감이 어긋나는 일은 거의 없다. 그러므 로 그가 왜 죽고 싶어 하는지 그 이유를 들어도, 나는 담담하게 수긍해버릴지도 모른다.

하지만 죽음을 선택한다는 것은 인간으로 다시 돌아오지 못하 는 귀환불능점(the point of no return)을 넘는 것이며 결코 없었던 일로 되돌릴 수 없는 중대한 결단이다. 어쩌다 내가 "응, 좋아"라고 대 답해버렸다고는 하나, 그가 한 계산에 대해 검산에 검산을 거듭 해줄 필요가 있다.

허기를 누를 수 없었던 나는 히토나리에게 말해서 같이 식사하 러 나가기로 했다.

레스토랑을 정하고 예약을 하는 것은 언제나 내 역할이다. 집에서는 훈제연어와 냉동 블루베리밖에 입에 대지 않는 그에게, 어디서 무엇을 먹을까 하는 중대한 결단을 맡길 수는 없다. 다베로그*에 저장돼 있는 리스트 중에서 아직 가본 적이 없는 곳을 골랐다. 전화를 거니 다행히 별실이 비어 있다고 하여 30분 후에 도착하겠다고 전했다.

혹시 몰라서 미라이가 먹을 사료를 보충해두었다. 부모님과 함께 살던 집에서 데려온 러시안 블루 미라이는 올해 19살이 된다. 사람으로 치면 이미 오래전에 고령자가 된 셈이기도 해서 최근에는 DEN**에 놓인 고양이 침대 위에 누워 있을 때가 많다. 그래도 내가 목덜미를 쓰다듬어주면 기쁜 소리를 낸다. 한때는 7킬로 넘던 거구였는데 최근에는 완전히 홀쭉해졌다.

내가 미라이를 돌보는 사이에 그는 나갈 준비를 모두 마치고 현관에 서 있었다. 드리스 반 노튼 셔츠에 사카이 바지. 메종 마르지엘라 패치워크 코트를 걸치고 그 아래로 라드 뮤지션 부츠를 신고 있다. 어느 것이나 다 '히토나리(平成)'다운 브랜드라는 생각에 웃음이 나오려고 했다.

그는 가방을 들지 않는다. 근처로 외출할 때는 아이폰만 들고

---

\* 食べログ, 일본의 맛집 사이트
\*\* 둥지, 동굴을 의미하는 영어 'DEN'에서 온 말로, 일본에서 서재나 취미 생활을 위해 마련한 방이라는 뜻으로 쓰인다.

나가고, 조금 멀리 나갈 때에도 거기에 작은 카드 지갑이 더해질 뿐이다. 톰 브라운의 카드 지갑에는 아멕스카드와 비자카드, 그리고 1만 엔 지폐가 딱 3장 들어 있다.

한번은 그와 나라(奈良)에 갔다가 크게 혼난 적이 있었다. 거의 모든 상점과 식당에서 신용카드를 받지 않는 바람에, 그의 주머니는 순식간에 동전으로 부풀어 올랐다. 덕분에 새전함*에 동전을 넣는 데에는 어려움이 없었지만, 신용카드만 갖고 있는 그를 대신해서 거의 모든 지불을 내가 하게 됐다.

둘이서 엘리베이터를 타고 B1 버튼을 눌렀다. 온통 거울로 되어 있는 엘리베이터의 한 면에 키가 30센티나 차이 나는 우리의 모습이 비친다.

누군가가 멋대로 다른 누군가로 착각해줄 것을 기대한 금발의 쇼트커트. 아직도 고등학생으로 보이기도 하는 화장기 없는 얼굴. 무리해서 입고 있는 사카이의 스팽글 드레스. 뉴욕에서 대량으로 사온 마놀로블라닉 펌프스. 악어가죽 버킨백. 필사적으로 누군가가 되기 위해 겉모습만을 뒤죽박죽으로 꾸미고 있는 나와, 자연스레 누군가가 되어버리는 히토나리 사이에는 거울 속에서도 키 이상의 차이가 나는 것 같았다.

---

* 신불에 참배할 때 돈을 넣는 곳

그의 손을 잡고 싶다고 생각했다. 섹스는 싫어하는 그이지만 손을 잡으려다 거절당한 적은 없다. 그의 왼손에서 크리스찬 디올 장갑을 벗기고 가만히 내 오른손을 겹쳤다. 평소에도 체온이 36도에 미치지 않는 그는 손가락 끝도 놀랄 만큼 차갑다. 내 얼굴 정도 되는 긴 손가락을 문지르듯이 하여 꼭 쥐었다. 그러자 드물게 그가 내 손가락을 되잡아줬다.

우버(UBER)는 히토나리가 부른 모양이었다. 지하 주차장에서 검은 알파드에 올라타자 운전기사가 말없이 아이폰을 건넨다. 아이폰 앱에 행선지를 입력하자 차는 조용히 달리기 시작했다. 도쿄의 거리는 19시가 지나서도 빛이 가득하여 넘쳐날 정도다. 롯폰기도오리에서 올려다본 아카사카 인터시티는 미래도시처럼 빛났다.

그는 어두운 곳을 극단적으로 싫어한다. 일찍 날이 어두워지는 나라(奈良)에서는 호텔로 가는 도중에 몇 번이나 발이 걸려 넘어질 뻔했었다. "이래서 시골은 싫다니까"라고 중얼중얼 투덜대던 것이 어제의 일처럼 떠올랐다. 텔레비전에 출연해서도 같은 말을 한 모양인데 그의 발언에 대해 평소와는 달리 비판하는 소리가 전혀 들려오지 않았다. 나라가 시골이라는 것은 그 지역 주민을 포함하여 누구 하나 반대할 수 없는 사실이기 때문이었을 것이다. 지금도 나라에서 가장 높은 건물은 고후쿠지(興福寺) 5층탑이라고 한다.

길이 막히지 않아 예약한 시간보다 일찍 레스토랑에 도착했다. 그 레스토랑은 가이엔히가시도오리(外苑東通り)에서 국립신미술관 방면으로 돈 다음 길을 하나 더 들어간 깊숙한 장소에 위치해 있었다. 이름은 보스토크. 러시아어로 '동쪽'을 의미한다고 한다. 젊은 점원이 '히토나리'를 알아봤는지 어떤지 모르지만, 태도를 공손히 하고 안쪽 깊이 있는 별실로 우리를 안내했다. 마실 것을 묻기에 그에게 묻지도 않고 페리에주에를 잔으로 달라고 부탁했다. "스스로 이성을 내치는 이유를 모르겠어"라고 말하는 히토나리이니만큼 알코올을 좋아하지는 않지만 완전히 거절하지는 않는다. 둘이서 식사하러 갈 때는 '첫잔은 샴페인'이라는 것이 서로 간의 암묵적인 양해 사항이었다.

그는 자신이 관심 없는 것에 대해서는 언제나 수동적이다. 조금도 고집하지 않는다. 친한 친구에게 히토나리와 같이 살고 있다고 고백했더니, "그런 극단적인 인간하고 잘도 같이 지내는 구나"라는 말이 돌아왔다. 그러나 내가 그에게서 괴팍함을 느낀 적은 한 번도 없었다. 그러기는커녕 그는 내가 부탁하면 시간이 허락하는 한 함께 해줬다. 식사든 영화든 여행이든 일정이 맞지 않을 때를 빼면 나의 요청을 거절하는 경우가 없었다.

그렇다. 하지만 그에게 나는 무엇일까, 하는 질문을 나는 떨칠 수 없었다. 이미 그에게 몇 번이나 그렇게 물어봤었다. 하지만 그럴 때 그가 해준 답을 나는 언제나 잊어버린다. 그건 분명, 내가 드물게도 이 점에 대해서만큼은 그의 말을 납득하지 못하기 때문일 것이다.

그런 생각을 하고 있자니, 어뮤즈*가 나왔다. 소고기와 개미를 올리브오일과 소금으로 마리네이드 한 요리다. 뉴 노르딕의 영향인지, 최근에는 도쿄에서도 개미를 내놓는 식당이 늘어났다. 스푼으로 소고기와 개미를 가볍게 섞어서 입으로 가져간다. 입안에서 찌부러진 개미는 강한 산미를 방출하여, 마치 통후추나 산초 같은 맛을 더한다. 그는 맛있다고도 맛없다고도 말하지 않고 소고기와 개미의 마리네를 씹고 있다.

"개미, 싫어하지 않았어?"

"대두나 새우와 같은 단백질이 포함돼 있고 8종류의 필수아미노산도 포함돼 있어. 부피가 작으니까 우리가 곤충식이라고 할 때 기대하는 것 같은 식육의 대체품으로는 되지 못하겠지만, 조미료로서는 효과적이지 않나?"

그는 맛에 대한 감상은 한마디도 표하지 않고, 오직 정보로서 식사를 섭취하려고 한다. 텔레비전 프로에 출연할 때도 논리적이

---

* 서양 요리, 특히 프랑스 요리에서 식전 술과 함께 나오는 가벼운 요리

고 이지적인, 냉정함을 잃지 않는 '히토나리'의 말투는 자주 다른 출연자들의 시비거리가 되었다.

그러나 나는 그가 증거나 논리에만 기초하여 행동하지는 않는다는 것을 안다. 피망, 당근, 가지, 새송이버섯, 조개류를 못 먹듯이, 그에게는 이상하게 좋고 싫은 것이 많다. 만약 정말로 그가 로봇 같은 인간이라면 영양소가 풍부한 피망이나 당근 같은 식재료를 싫어할 이유가 없다. 그러니 그는 말은 그렇게 했지만 개미를 먹을 때는 실은 주뼛주뼛하며 먹었을 게 분명하다.

다음 요리는 푸아그라 타르트에 벌꿀과 야생화를 곁들인 것이다. 꽃다발 모양을 만들려고 한 것일까. 푸아그라를 꽃병, 벌꿀을 꽃가지로 삼은 다음, 샐러드라고 해도 좋을 만큼 풍성한 양의 꽃들로 접시 전체를 덮었다.

"예쁘네."

"모티브는 세잔이 아닐까. 국립근대미술관이 2014년에 20억 엔에 낙찰한 〈큰 꽃다발〉이란 작품이 있는데, 셰프는 그 영향을 받았을 거야. 꽃이랑 잎이 줄기나 가지에 연결되어 있지 않은 것이 특징인 작품을, 벌꿀과 식용 꽃으로 재현한 거지."

히토나리와의 대화는 마치 구글 홈을 방불케 하는데, 스마트 스피커와 달리, 그는 때때로 당당히 틀린다. 그러고 보니 이 푸아그라 타르트가 세잔의 그림으로 보이지 않는 것도 아니다. 하지만 셰프가 마음 가는 대로 꽃을 늘어놓은 것에 지나지 않을 가능성도 높다. 식사를 마친 후 셰프를 불러 물어봐서 그에게 창피를 줘볼까 하는 짓궂은 생각을 하고는, 나도 모르게 히죽거리고 만다.

"갑자기 웃었어. 무슨 일이야?"

"히토나리가 사랑스럽다고 생각했거든."

거짓말이 아니다. 나이프를 신중하게 움직여서 꽃다발을 잘라 내 간다. 점차 모습을 드러내는 푸아그라에 포크를 찔러 넣는다. 나이프로 잘라내는 게 아니라 이대로 입으로 가져가 덥석 물고 싶은 생각이 불쑥 났다. 하지만 포크를 든 채 손이 멈추고 말았다. 어찌된 걸까. 그는 왜 그러냐는 얼굴로 내 쪽을 보고 있다. 나는 참지 못하고 나이프에서도 포크에서도 손을 뗐다. 쨍그랑 하고 쇳소리를 내며 디너 접시 위에 나이프와 포크가 떨어졌다.

"속이 안 좋아? 괜찮아?"

히토나리는 마치 3살 아이가 엄마를 걱정하는 것 같은 말투로 그렇게 말하며, 내 얼굴을 응시했다. 나도 그의 얼굴을 찬찬히 바라봤다. 그의 아랫입술에는 자세히 보면 작은 상처가 나 있다. 어렸을 때, '실험'을 하다가 자기 손으로 상처를 낸 거라고 했다. 입술에는 몸의 다른 부분보다도 통점이 많다는 것을 확인하고 싶었던 모양이다. 그렇다 치고, 오늘도 넌 앞머리가 답답하구나. 앞머리를 그렇게 늘어뜨리면 눈이 나빠지지. 아아, 빨리 본론을 꺼내야지. 물어봐야 할 것은 정해져 있으니까.

"있지 히토나리, 왜 죽고 싶다고 생각한 거야?"

자칫하면 뭐가 부족해서 죽겠다는 거냐, 하고 힐난하는 말로 들릴지도 모른다. 그래서 나는 애써 평정을 가장하고 조심스럽게 그에게 물었다. 그가 말의 미묘한 뉘앙스에 신경 쓰는 인간이 아니라는 것은 알고 있었지만, 나 자신이 냉정을 지킬 수 있다는 것을 스스로 확인하고 싶었다.

"그보다 속은 괜찮아?"

그러고 보니 그가 속은 괜찮냐고 물었었지.

"괜찮아. 그러니까, 내 질문에 대답해줘."

이번에는 어조가 조금 강해진 것을 스스로도 알 수 있었다. 바로 1시간 전만 해도 그가 죽음을 생각하고 있다는 사실을 조금도 알지 못한 채 어느 섹스토이가 좋을까 하는 생각만 하고 있었는데.

"어디서부터 말해야 좋을까."

그렇게 말하면서 그는 양손으로 턱을 받치면서 두 손의 둘째손가락으로 코와 눈 사이의 지점을 눌렀다. 평소에는 무엇이든 논리정연하게 말하는 그지만 이따금 이와 같이 고민하는 모습을 보일 때가 있다. 그것은 자신 속에서 생각이 정리되지 않아서라기보다 어떻게 하면 듣는 사람이 쉽게 알아들을 수 있도록 말할 수 있을까, 하고 궁리하느라 그러는 것이다. 그러나 그가 그런 포즈를 취하며 자신의 주장을 알기 쉽게 말하려고 노력할수록 오히려 더 알아듣기가 힘들어진다는 걸 나는 경험을 통해 알고 있다.

히토나리가 생각을 짜내고 있는 동안에 다음 요리가 나왔다. 구운 빛금눈돔에, 숯불에 구운 피망과 새송이버섯 튀김이 곁들여져 있다. 피망과 새송이버섯은 물론이고, 그는 분명 빛금눈돔도 그다지 좋아하지 않았다. 이 요리에 어떤 반응을 보일까 하고 생각하고 있는데 그가 천천히 이야기를 시작했다.

"나는 이제, 끝난 인간이라고 생각해."

아니나 다를까, 그는 밑도 끝도 없이 불쑥, 알 수 없는 말을 던지는 것으로 이야기를 시작했다. 그 사실을 지적해도 결코 화내지는 않겠지만, 입을 다물고 잠자코 듣기로 했다. 나는 조금은 희망 섞인 기대를 하기 시작했다. 그는 말도 안 되는 엉뚱한 추론을 거듭해서 안락사를 하겠다는 결론에 다다른 것일지도 모른다, 하고. '끝난 인간'이라니 그게 뭔데? 시마 고사쿠(島耕作)*의 부하 같은 대사나 읊고 말이야.

"어쨌거나 나는 행운아였다고 생각해. 내 이름 덕에 일찍부터 사람들의 주목을 받을 수 있었어. 실력 이상으로 스포트라이트

---

\* 신일본 만화 『시마 과장』의 주인공

를 받아온 것도 분명하고. 하지만 그런 만큼 노력도 해왔다고 생각해. 조금이라도 시간이 비면 장르 불문하고 책을 읽거나, 계층이나 세대를 불문하고 어떻게 해서든 많은 사람과 만나려고 해왔어. 여하튼 최신의 사람이고 싶었던 거야. 그런 노력은 어느 정도 성공했다고 생각해. 몇몇 책은 잘 나갔고, 최근에는 각본 일도 잘 돼가고 있어. 하지만, 문득 생각하게 됐어. 나에게 미래가 있을까 하고."

접시 바닥에 김으로 소용돌이 같은 무늬가 그려져 있어서 잘라낸 빛금눈돔 구이에 묻혔다. 붉은기가 남아 있던 구운 빛금눈돔이 어렴풋이 초록빛을 띤다. 생선에 특징이 없는 만큼 김 맛이 혀에 강하게 남았다.

"지금 난 굉장히 건강하고, 평균수명이 늘어난 걸 생각하면 앞으로 70년을 더 살아도 이상하지 않아. 하지만 그 70년 동안에 지난 30년에 한 것 이상의 뭔가를 남길 수 있을까, 하고 생각하면 자신이 없는 거야.

이런 이야기, 미디어에서는 쉽게 말 못 하겠지만, IQ와 나이는 반비례한다는 설이 있어. 평균적으로 생각해보면 20대 전반에 IQ가 100이었던 사람은 30대 중반에 IQ가 95 아래로 떨어지고, 50대 중반이 되면 90을 밑돌고, 70대가 되면 무려 80 아래로 떨어진다는 거야. 실제로 천재라 불리는 사람도 그들이 이루어낸

성과는 20대 때에 집중해 있어. 과학사(史)만 바꾼 게 아니라, 인류가 가진 세계상까지도 바꾼 천재들을 봐봐. 뉴턴과 아인슈타인 말이야. 뉴턴이 만유인력의 법칙을 발견한 것은 24살. 아인슈타인이 상대성이론을 발표한 것도 26살. 최근에는 노벨상의 고령화가 화제가 되고 있지만, 그래도 아이디어 자체는 수상자가 젊었을 때 생각해낸 것이 많아.

그것은 창작의 세계에서도 마찬가지야. 창작의 세계에서는 오히려 그런 경향이 더 두드러질지도 몰라. 괴테가 『젊은 베르테르의 슬픔』을 쓴 것이 25살, 월트 디즈니가 미키마우스를 만들어낸 것은 27살. 조조타운(ZOZOTOWN)의 마에자와 씨가 123억에 낙찰받아서 화제가 된 작품의 아티스트 바스키아도 27살에 죽었지. 일본에서도 젊어서 쓴 데뷔작이 가장 큰 화제작이 된 작가가 많아. 미야자키 하야오도 창작적 인생이 허락된 시간은 10년이라고 했어. 나는 이제 데뷔해서 10년은 안 됐지만, 이미 허락된 시간을 거의 다 써버렸다는 생각이 들어. 내가 나 자신을 봤을 때 조금도 재미있다고 생각할 수가 없어."

그의 이야기를 들으면서 갤럭시 노트에서 내가 좋아하는 작품은 어떤지 찾아봤다. 후지코 F 후지오가 『도라에몽』 연재를 시작한 것은 36살, 신카이 마코토가 〈너의 이름은〉을 발표한 것은 43살, 미야자키 하야오가 〈센과 치히로의 행방불명〉을 공개한 것은 60살. 히토나리의 주장을 뒤집을 만한 예는 얼마든지 나왔다. 그래도 반론하는 것은 그가 이야기를 끝낸 뒤에 하기로 하자.

히토나리 앞의 접시를 보니 생각했던 대로 생선요리에는 전혀 손을 대지 않았다. 새로 고기요리가 나왔지만 아직 먹지 않은 채 그대로 있는 생선요리 옆에 놓인다. 그가 하던 말을 멈추지 않고 계속하는 것을 보면서 웨이터는 요리에 대한 설명을 생략하고 테이블을 떠났다. 훈제 오리에 포테이토 크림이 곁들여진 메인 디시가 나오면 아마도 먹을 것이다.

"이것은 여러 계기 중 하나에 지나지 않는 거지만, 이제 곧 헤이세이(平成)가 끝나잖아."

2016년 8월 8일, '상징으로서의 책무에 대하여'라는 비디오 메시지의 공개와 함께 헤이세이라는 시대를 끝내는 것으로 결정됐다. 보도에 의하면 헤이세이는 2019년 4월 30일로 종료되고 5월 1일부터 새 원호(元号)가 사용된다고 한다. 양위 뉴스가 세상을 뒤흔들던 무렵 농담으로 "히토나리의 시절도 끝나네" 하고 말했던 적이 있다. 그는 "어차피 언젠가 끝나는 거라면 그 시기를 미리 알 수 있다는 게 럭키한 일이 아닐까" 하고 말하며 웃었을 거다.

"이제 헤이세이가 끝나는 게 1년 정도밖에 안 남기도 해서, 최근에 내가 좀 바빠. 헤이세이를 회고하는 텔레비전 프로나 출판물이 많으니까. 내 이름이 이름이니만큼 들어오는 의뢰는 가능한 한 수락하기로 했어. 그렇지만, 헤이세이가 끝난 순간부터 나는 틀림없이 한물간 인간이 되어버리겠지. 물론, 갑자기 일이 없어지지는 않을 거야. 나는 나름대로 글을 쓸 수도 있고, 재미있는 이야기도 그럭저럭하게는 만들 수 있어. 나를 좋아해주는 사람도 적지 않아. 하지만 더 이상 새로운 사람은 아닌 거지. 시대를 짊어진 인간은 시대가 넘어가면 반드시 구식이 되는 법이거든. 오자와 겐지(小沢健二)*의 신곡, 아이(愛)도 들었지?"

초콜릿 아이스에 바질과 피넛을 곁들인 디저트가 나왔다. 그는 오리는 다 먹은 것 같은데, 생선요리로 나온 빛금눈돔은 겨우 한 젓가락만 입으로 옮겼을 뿐 거의 다 그대로 남겨둔 채였다. 웨이터가 "치울까요?"라고 물었지만 그가 대답하기 전에 내가 "그대로 놔두세요. 저이, 피망이랑 새송이버섯을 무척 좋아해서요"라고 만면에 웃음을 띠고 말했다. 히토나리가 눈을 동그랗게 뜨고 내 얼굴을 쳐다본다. 웨이터가 나간 것을 지켜본 다음 의아한 얼굴을 하고 한마디했다.

"왜 거짓말을 해? 내가 피망이랑 새송이버섯, 둘 다 싫어한다는 거, 알잖아?"

---

\* 90년대에 활약한 가수

"보고 있어줄 테니까, 오늘은 먹어."

"싫은 걸 억지로 먹을 이유는 없어. 피망의 주된 영양소는 칼륨, β-카로틴, 비타민C. 새송이버섯은 식물섬유와 나이아신. 둘 다 다른 채소나 건강보조제로 충분히 대체할 수 있어."

"그런 게 아니야. 히토나리는 눈치채지 못했는지 모르지만, 나는 지금, 조금 신경이 곤두서 있어. 모처럼의 일요일 밤에, 정말 좋아하는 사람한테서 느닷없이 안락사를 생각하고 있다는 고백을 들었고, 그 이유가 아무튼 자기 멋대로야. 그래도 적지 않은 날을 같이 살아왔는데 같이 산 사람에 대한 배려는 요만큼도 없어. 그리고 무엇보다, 너처럼 총명한 사람이 어째서 그런 허점투성이의 논리를 내세워 죽겠다고 하는지 도저히 이해할 수가 없어. 나온 김에 말하자면, 나, 오자와 겐지의 신곡, 싫어하지 않아. 그러니까 피망이랑 새송이버섯 정도는 먹어 둬."

어떻게 생각해도 내 쪽이 허점투성이의, 전혀 논리적이지 않은 얘기를 하고 있었다. 이 나라에 사는 거의 모든 사람은 '그러니까'나 '즉'이란 접속사를 바르게 사용하지 못한다. 나도 그런 사람 중 하나인데, 역시나 "그러니까 피망이랑 새송이버섯을 먹어"는 맥락에 맞는 말이 아니라고 생각했다. 나는 지금, 엉터리의 말을 하고 있다.

히토나리는 나를 잠시 쳐다본 후 천천히 일어서서 별실 입구

근처 작은 테이블에 놓인 와인 쿨러에서 산펠레그리노를 꺼내서 자신의 글라스에 넘칠 정도로 가득 따랐다. 그리고 일어선 채로 피망과 새송이버섯을 손으로 움켜 집어 입안에 던져 넣고 단숨에 물과 함께 삼켰다.

긴 손가락을 이마에 대고 있어서 얼굴이 가려져 있지만 그가 고민스러운 표정을 하고 있다는 것은 알 수 있었다. 미간에는 주름이 잡혔고 큰 입술이 오른쪽으로 치우쳐 비뚤어져 있다. 피망과 새송이버섯을 씹지도 않고 삼켰으니까 맛도 뭣도 모를 테지만, 어쩌면 숨을 쉴 수 없어서 고통스러워하고 있는 것인지도 모른다. 그 모습이 우스꽝스러워서 나는 웃음을 터뜨리고 말았다.

"히토나리의 그런 모습, 처음 봤어."

"마지막일지도 모르니까, 보여도 괜찮겠지 하고 생각했어."

그는 새로 따른 산펠레그리노를 마시면서 농담인지 진담인지 알 수 없는 말을 했다. 아직도 뺨을 가늘게 떨면서 괴로운 얼굴을 하고 있다. 안락사라는 말이 주는 뭔가 여유 있는 이미지도 그렇고, 연호가 바뀌려면 아직 날이 많이 남아 있다는 사실을 생각해도 그렇고, 그가 죽는다 해도 그건 한참 뒤의 일일 거라는 생각이 들었다. 그러나 늘 주도면밀하게 준비하는 사람이므로 내일이라도 당장 죽으려는 건지도 모른다.

"있지, 갑자기 내일 죽거나 하지는 않을 거지?"

"내일은 아침부터 후지 테레비에 나가야 해."

나와 그는 구글 캘린더를 공유하고 있어서 서로의 일정을 확인할 수 있다. 나중에 그의 스케줄이 언제까지 채워져 있는지 확인해두자. 적어도 그날까지는 그에게 살 의지가 있다는 얘기다.

2인분의 초콜릿 아이스가 깨끗이 녹았을 때 커피와 마카롱이 나왔다. 시계를 보니 22시가 지났다. 내일, 아침 6시 조금 지나 방송국에서 차를 보내올 테니까, 이제 슬슬 그를 집으로 돌려보내는 게 좋겠지.

마카롱만 포장해 달라고 하고, 신용카드를 점원에게 건넸다. 그가 "내가 낼게"라고 말했지만, 그는 아까 우버 요금을 결제했다. 둘 사이에서는 고액이든 소액이든 계산은 어쨌든 번갈아하는 것을 룰로 하고 있다. 그토록 룰을 좋아하는 히토나리답지 않은 행동이다. 그도 그 점을 바로 알아차린 듯 "우버, 불러둘까" 하며 아이폰을 꺼내 들었다.

"잠깐 좀 걷지 않을래?"

내 제안을 히토나리가 받아줬다. 레스토랑을 나서니 주위는 완전히 어둠에 싸여 있었다. 롯폰기의 한가운데에 있는데도 오래된 민가가 시계(視界)를 가려서 고층빌딩이 거의 보이지 않는다. 인적이 드문 어두운 골목을 따라 빛이 오는 쪽을 향해 걷기 시작했다.

"있지, 손 좀 잡아주지 않을래?"

그랬다. 그는 어둠을 무서워한다. 기회다 하고 내 왼손 손가락을 전부 그의 오른손 손가락에 휘감듯이 하며 몸도 바싹 붙었다.

"있지 히토나리, 지금 미나토구(港区)의 기온은?"

"구글 홈이 아니니까 거기까지는 몰라."

그렇게 말하면서 양손잡이인 그는 왼손으로 아이폰을 주머니에서 꺼내 페이스인증으로 잠금을 해제하려고 했다. 내가 장난으로 그의 몸을 흔들었기 때문에 아이폰 사용자 인증을 좀처럼 하지 못한다.

"특별히 히토나리한테 묻는 거니까 구글 쓰지 않아도 돼. 있지 히토나리, 여기서부터 집까지의 거리는?"

"차라면 이쿠라카타마치(飯倉片町) 쪽으로 가면 10분 정돌까. 걸으면 30분 정도지."

"있지 히토나리, 오늘은 몇 시에 잘 예정?"

"내일은 아침 6시에 일어나야 하니까 7시간 수면을 확보하자면 1시간 내로 자고 싶군."

"있지 히토나리, 그럼 섹스 못 하겠네."

"시간이 있어도 내가 그런 거 좋아하지 않는 거, 알잖아."

그런 얘기를 하는 사이에, 도쿄 미드타운이 눈앞에 보이기 시작했다. 가이엔히가시도오리는 언제나 그렇듯이 몇십 대나 되는 차와 들뜬 어른들이 바삐 오가고 있었다. LED의 창백한 일루

미네이션으로 물든 거리는 왠지 걷는 이의 마음을 초조하게 만든다.

"있지 히토나리, 죽는다는 말 하지 마."

그는 아무 대답도 없었다. 우리는 손을 잡은 채, 인파 속을 뚫고 롯폰기도오리 방면을 향해 걸었다. 나는 구글 홈이 반응해주지 않았을 때에 그러는 것처럼 한 번 더 그를 향해 똑같은 얘기를 했다. 그러자 그는 조금쯤 얼굴을 숙이고 작게 "미안" 하고 중얼거린다. 나는 왠지 견딜 수 없어져서 택시를 잡아서는 거기에 히토나리만 태웠다.

"있지 히토나리, 나, 쇼핑 좀 하고 들어갈게."

내가 차에 타지 않자 좀 놀란 것 같았지만, 그의 표정을 무시하고 뒷문을 닫아버렸다. 물론 이 시간에 사고 싶은 게 있을 리 없다. 그가 탄 차가 롯폰기 교차로를 지난 것을 지켜보고 나서 가방에서 갤럭시 노트를 꺼냈다.

*

지하 주차장에 내려서 택시를 보내고 카드키를 센서에 댔다. 출근 시간에 걸린 탓인지 엘리베이터가 좀처럼 내려오지 않았다.

시계를 보니 7시 반이 지났다. 이 시간이면 그는 벌써 집을 나가고 없겠지. 내려온 엘리베이터에는 아무도 타고 있지 않았다. 39층 버튼을 누른 뒤 웅크리고 앉았다. 문이 열릴 때까지 이러고 있으리라. 누가 남긴 건지, 알 수 없는 이름의 향수 냄새가 엘리베이터 안을 가득 채우고 있다. 어제부터 일어난 일들을 돌이켜 보자고 생각하는데 순식간에 39층에 도착했다. 호텔같이 야단스럽게 그림과 조각이 장식된 프런트 층과는 달리 이곳 복도는 심플하다. 복도를 걸어 집 앞으로 가서 문의 열쇠를 여니 늘 그랬듯이 현관에는 그의 구두가 어지러이 흩어져 있었다. 〈도쿠다네!〉* 출연이라고 했으니 존롭의 더비슈즈라도 신고 갔겠지.

거실 창 앞에 서니 오늘은 공기가 맑아선지 보소(房総)반도까지 시야에 들어왔다. 방 3개, 140m²에 월세는 깎아서 130만 엔. 둘이서 반씩 나눠 내도 싸다고는 할 수 없는 금액이지만, 그는 재작년부터 살기 시작한 이 집을 맘에 들어 하는 것 같았다.

도쿄만에 면한 방에서는 시바우라(芝浦)의 빌딩군, 레인보우브리지 끝에서 이어지는 오다이바(お台場)**와 아리아케(有明), 그리고 그 너머로 우미노모리(海の森公園)***와 게이트브리지가 보인다.

---

*     일본 후지 테레비의 아침 와이드쇼. 'とくダネ'는 '특종'이라는 뜻
**    도쿄의 바닷가에 면한 부도심인 동시에 주요 관광 지역
***   도쿄항 중앙에 있는 쓰레기와 건설토 매립지에 나무를 심어 숲을 조성, 공원을 건설하는 중이다.

바라보이는 경치에서 바다가 차지하는 면적이 넓은 탓에 야경은 그다지 밝지 않다. 그는 이왕 고층의 타워 맨션에 사는 거라면 도쿄의 거리가 더 많이 내려다보이는 서쪽이 좋다고 주장했었는데 들어와 살기 시작한 뒤로 그런 불평은 일체 하지 않는다.

밤중에 창가에 무릎을 감싸고 앉아 아무것도 하지 않고 야경을 바라보는 히토나리의 모습을 몇 번인가 봤었다. 항상 시간을 쪼개어 책을 읽거나 귀에 전화기를 대고 있는 그에게도 그렇게 아무것도 하지 않고 멍하니 있는 순간이 있구나 하고 안심했었는데, 지금 와서 생각해보니, 그때 그는 죽음의 가능성에 대해 곰곰이 생각하고 있었던 게 아닐까.

보기 드물게 미라이가 먼저 내 곁으로 다가왔다. 밥그릇에는 아직 고양이 사료가 남아 있었지만 몽쁘띠의 참치스틱을 내밀어주었다. 처음에는 맛있다는 듯이 핥긴 했으나 이내 입을 돌린다. 그렇게 먹보였던 미라이도 최근에는 눈에 띄게 먹는 양이 줄었다. 미라이를 들어서 안고 소파에 앉았다. 꽉 끌어안으니 가느다란 목소리로 대꾸를 한다. 정기검진은 아직 멀었지만 가까운 날을 잡아 단골 동물병원에 데려가야지.

미라이를 무릎에 앉힌 채 텔레비전을 켜니 마침 히토나리가 나오고 있었다. 최근에 구입한 77인치 OLED 티브이 브라비아에 랑방 재킷과 셔츠 차림의 그가 얌전한 표정으로 코멘트를 하고 있는 모습이 크게 비춰지고 있었다. 옴진리교의 재판이 23년을 지나 드디어 결심판결을 했다는 뉴스에 대한 이야기다.

"재판이 끝난 만큼, 교단 간부에 대한 사형 집행이 현실적인 문제가 되었습니다. 연호가 바뀌기 전에 집행할 가능성이 농후하다고들 하지만, 이 21세기에 형벌과 연호를 결부시키는 게 어떤 의미가 있는지 모르겠습니다. 사형 제도란 죽음을 권리가 아니라 형벌로 간주한다는 점에서 너무나도 시대에 뒤쳐진 것이지요."

오구라 씨는 도저히 납득할 수 없다는 얼굴을 하고 히토나리의 이야기를 듣고 있다.

츠타야롯폰기에서 사온 안락사에 대한 책을 펼쳤다. 일본에서는 벌써 몇 년 전부터 안락사가 합법화되었다는 사실 정도는 알고 있었지만, 지식은 거기서 멈췄다. 주변에서 안락사를 선택한 사람도 없고, 친구들끼리 얘기할 때에 안락사가 화제에 오른 일도 없다. 그러니 히토나리 본인에게 설명하게 하는 것이 가장 좋겠지만, 그러면 나한테 불필요한 감정이 섞일 것만 같았다.

책에 의하면, 1970년대에 세계적으로 안락사운동이 일어나면서 일본에서도 안락사 합법화를 요구하는 움직임이 활발해졌다고 한다. 당시 일본에서는 중병에 걸린 사랑하는 배우자가 "이제 그만 죽고 싶어"라고 애원하여 어쩔 수 없이 소원을 들어준 촉탁살인사건이 전국에서 일어나고 있었다. 아리요시 사와코(有吉佐和

子)의 소설 『꿈꾸는 사람』이 주목을 받은 것도 이즈음이다. 그런 가운데 '일본 안락사를 생각하는 모임'이 발족하여 중병환자에 대한 적극적 안락사*의 합법화를 요구했다. 그러나 "환자나 가족의 투병 의지를 빼앗는다" "우생사상으로 이어질 수 있다"라고 하는 비판이 뒤를 이으면서 운동은 좌절한다.

사태가 바뀐 것은 1990년대에 들어서고부터다. 1991년에 가나가와현의 도카이 대학 부속병원에서 의사가 말기암 환자에게 염화칼륨을 주사했다가 살인죄를 추궁당하는 사건이 일어났다. 혼미한 상태에 있던 환자를 놓고 가족들이 "더 이상 보고 있을 수 없다. 편하게 해줬으면 좋겠다"라고 요구했다. 의사는 처음에는 거부했으나 결국에는 환자에 대한 연명 치료를 중지하고 가족의 눈앞에서 염화칼륨을 주사했다. 환자는 급성고칼륨혈증으로 곧 사망했다.

의사를 옹호하는 목소리도 많았지만, 의사는 살인죄로 기소되었고 1995년에 요코하마지방법원은 징역 2년, 집행유예 2년의 유죄판결을 내렸다. 이 사건에서는 환자 본인의 의사표시가 없었기도 하여, '일본 안락사를 생각하는 모임'도 "우리의 운동 취지

---

\* 안락사는 적극적 안락사와 소극적 안락사로 나뉜다. 적극적 안락사는 생명 활동을 중지시키는 약물을 복용 또는 투여하는 것을 말하고, 소극적 안락사는 예방·구명·회복·유지를 위한 치료를 하지 않거나 하던 치료를 중지하는 것을 말한다.

와는 합치하지 않는다"라고 의사의 행위를 비판했다.

그러나 판결문은 "인간에게는 죽음을 맞이하는 방법을 스스로 선택할 권리가 있다"라고 하여, 연명 치료의 중단이라는 '소극적 안락사'는 위법이 아니라는 판단도 포함하고 있었다.

이미 철이 든 때였을 텐데도 이 뉴스에 대한 기억은 전혀 없다. 아무튼 도카이 대학의 사건을 계기로 해서 다시 안락사에 대한 논의가 활발해졌다.

고령화가 시작된 일본 사회에서는 자신이나 가족을 돌보거나 간병하는 데에 불안을 느끼는 사람들이 증가하고 있었고, 그들에게는 안락사의 합법화가 절실한 문제가 되어 있었다. 다수의 정치가들도 안락사에 적극적인 자세를 보였다. 반대파는 "현대판 고려장이 될 수 있다" "사회보장비 삭감의 수단으로 사용될 것이다"라고 주장했지만, 여론조사에서도 안락사를 용인하는 목소리가 다수였다.

1999년에는 초당파의 의원연맹이 법안을 국회에 제출하였고, 요청에 기초한 생명종결 및 도움자살에 관한 법률, 통칭 안락사법이 성립한다. 1995년 요코하마지법의 판결, '인간에게는 죽음의 방법을 스스로 선택할 권리가 있다'는 견해를 수용한 법률이었다. 단, 적극적 안락사는 죽음이 임박했고 견디기 힘든 고통 속에 있는 환자에 대해서만 그 정당성을 인정했다. 물론 본인의 의

사표시도 필수요건이다. 세계적으로 가장 앞서서 성립한 안락사법이었지만, 일단 시행이 되자 큰 반대의 목소리는 나오지 않았다. 그러기는커녕 안락사의 적용 범위를 확대해 달라는 목소리가 커지기만 했다.

일본에 뒤이어서 안락사법을 시행한 네덜란드와 벨기에에서는 육체적 고통만이 아니라 정신적 고통을 이유로 한 안락사 실시도 허용되기에 이르렀다. 양국에서는 성전환수술의 실패, 성폭력 피해의 트라우마, 청각장애나 시각장애를 이유로 한 안락사를 허용한 예조차 있었다. 한편 일본에서는 2000년대 초에는 연간 3만 명 정도의 안락사 신고가 있었으나, 모두 다 말기 환자뿐이었고 연령은 80대 이상에 집중돼 있었다.

그러던 중 충격적인 사건이 일어났다. 2002년에 한 여고생이 일으킨 처참한 사건이었다. 그것은 굳이 책을 읽을 것 없이 내가 이미 알고 있는 사건이었다. 당시, 간토(関東) 방송국 계열의 〈젊은이의 주장〉이라는 버라이어티 프로가 호평을 받고 있었다. NHK에서 방송되고 있던 〈청년의 주장〉을 패러디한 프로였는데, 중고생들이 학교 옥상에서 자기 주장을 펴거나 고백을 하는 코너가 특히 명물이었다. 당시 중학생이었던 나 역시 밴드부 연습이 일찍 끝난 날은 빼놓지 않고 그 프로를 봤다.

그날은 프로그램 개편에 따른 스페셜 방송이라 녹화가 아니라 생방송으로 진행되었다. 중계차가 도치기현(栃木県)의 어느 공립 고등학교에 나가 있었다. 한 남학생이 클래스메이트에게 고백을 했다가 거절당한 에피소드가 나오고 이어서, 그다음 에피소드에서는 옥상에 서 있는 여학생에게 스포트라이트가 비춰졌다. 방송이 나가기 전에 있었던 리허설에서는, 그녀는 투병 중인 어머니에 대한 마음을 낭독했고 그 낭독을 듣던 스태프 중에서는 눈물을 흘리는 사람도 있었다고 했다. 그날 생방송으로 나가는 본방에서도 그녀는 처음에는 어머니에 대한 메시지를 낭독했다.

그러나 그녀의 입에서는 곧이어 아버지에 대한 저주의 말이 튀어나오기 시작했다.

어머니가 3년 전에 입원한 뒤부터는 아버지가 수차례 자신을 덮쳤고 섹스를 강요했다고 했다. 학교에 상담을 청했지만, 교사들은 아무도 진지하게 상대해주려고 하지 않았다. 혼자서 자살을 생각하고 있을 때, 자신의 학교에서 〈젊은이의 주장〉 공개 생방송이 진행될 거라는 이야기를 들었다. 그래서 이 기회에 사회에 메시지를 남기고 나서 죽자고 결심했다. 그녀는 가정 내의 문제라는 이유로 자신이 호소한 문제를 외면하는 어른들은 반성해야 한다, 강간 피해에 대해 이 나라는 너무 관대하다, 그리고 자신처럼 마음의 상처를 안고 있는 사람에 대해서는 비록 나이가 적더라도 안락사의 길을 열어 달라, 등의 말을 남기고 옥상 난간을 넘었다.

그리고 그대로 몸을 던졌다.

그런 사달이 벌어지자 방송국으로 비판의 소리가 쇄도했다. 그녀의 주장은 약 2분 동안이나 계속되었는데 그중 어딘가에서 스태프가 멈출 타이밍은 없었나 하는 것이었다. 그러나 이 프로그램을 실시간으로 보고 있던 나는 알 수 있었다. 죽음을 각오한 그녀의 단호함에 아무도 움직일 수 없었던 거다. 프로그램을 보고 있던 우리 가족도 식사하던 손을 멈추고 소리를 죽인 채 넋을 잃고 화면을 바라보고 있었다.

그러나 사건은 여기서 끝나지 않았다. 행인지 불행인지, 그녀는 죽지 않았다. 척수가 손상되어 전신불수가 됐지만 목숨을 건졌다. 어머니와 같은 병원으로 옮겨진 그녀는 2주 후에 의식을 회복하고 나서 텔레비전 프로에서 했던 것과 같은 주장을 반복했다. 특히 그녀가 호소한 것은 안락사가 인정되는 범위를 넓혀 달라는 것이었다. 『신초45(新潮45)』라는 잡지에 발표한 수기에서 그녀는 자신의 생각을 이지적인 문체로 솔직하게 털어놓았다. 그녀는 '완전히 자업자득'이라고 하면서도 자신이 매우 괴로운 상황에 처해 있다는 것을 호소했다. 손발은 거의 움직여지지 않고 얼굴에도 마비가 남았으며 오른쪽 눈은 거의 보이지 않는다고 했다.

"마치 프랑켄슈타인 같은 모습"이 되어버렸다면서 차마 거울을 볼 수 없는 나날이 계속되고 있다고 했다.

나아가 온 나라로 방송되는 프로그램에 나와 아버지로부터 성폭력 피해를 입었다고 고백한 덕에 거주지에서나 인터넷상에서 사람들이 자신에게 호기심의 눈초리를 던지고 있으며, 2채널*에서는 그녀에 관한 댓글들이 쌓이면서 개인정보까지 차례차례 노출되고 있다고 했다. 이와 같은 상태로는 1초도 더 살고 싶지 않다. 그러니까 한시라도 빨리 안락사를 인정해주기 바란다, 고 하는 내용이었다. 그러나 당시의 안락사법으로는 생명에 이상이 없는 그녀와 같은 사람이 죽는 것은 인정되지 않았다.

그녀에게 관심을 갖게 된 나는 학교 도서관에서 『신초45』를 찾아들고는, 일반 잡지와는 다르게 갱지 같은 저질의 종이를 사용한 것에 놀라면서 그 수기를 읽었던 기억이 생생하다. 그 글을 다 읽고 나서는 전신불수인 그녀가 어떻게 2채널까지 확인할 수 있었는지가 궁금했다.

그러나 인터넷에서 알아보니, 그녀의 남동생이 병실에 컴퓨터를 가져와서 그녀를 도와주고 있다고 쓰여 있었다. 그 밖에도 남자친구가 좌익운동가의 아들이었다느니, 그녀는 배우에 지나지

---

\* 　2ちゃんねる. 일본의 무기명 게시판 사이트

않고 모든 것은 안락사 범위를 확대하고 싶어 하는 세력이 꾸민 음모라느니, 하는 다양한 소문이 돌고 있었다. 진상은 명확하지 않았지만, 〈젊은이의 주장〉 사건이 계기가 되어 안락사에 관한 논의가 재연(再燃)된 것은 사실이었다.

그 후, 안락사를 용인하는 요건은 서서히 완화되었다. 2005년에는 벨기에나 네덜란드와 같이 정신적 고통을 이유로 한 안락사가 인정되기에 이르렀다. 인정에는 2명 이상의 의사와 1명의 인정(認定)카운슬러와의 면담이 필요하나, '정신적 고통'의 정의는 해가 감에 따라 차츰 그 해석의 폭이 넓어지는 경향을 보이고 있다.

2008년에는 당시 25살의 청년이 안락사 허가를 받지 못해 분신자살을 시도한 아키하바라 사건이 일어나서 큰 논란이 되었다. 그는 파견노동을 반복하는 가운데 안락사를 생각하게 되었고, 인터넷 게시판에서 알게 된 동료들과 함께 집단으로 안락사를 신청했다. 다른 동료들은 안락사를 인정받았다. 그러나 그가 찾아간 의원에서는 고령의 의사가 그에게 "놀이 기분으로 죽음을 생각해서는 안 된다"라고 말하며 인정(認定)을 해주지 않았다. 청년은 몹시 흥분해서 백주에 분신자살을 시도했다. 그 처참한 모습을 찍은 장면이 마침 그 자리에 있던 사람들에 의해 곧바로 유튜브나

니코니코 영상*을 통해 퍼져나갔고, 국회를 끌어들인 논쟁으로 발전했다.

지금의 일본은 '세계에서 가장 안락사를 하기 쉬운 나라'라고 불리게 되었고, 해외에서부터 안락사를 하기 위해 찾아오는 자살 투어리즘까지 유행하고 있다. 인구동태 통계에 의하면 2017년의 사망자 수는 137만 명이었는데, 그중 약 10퍼센트에 해당되는 15만 명이 안락사로 이 세상을 떠났다. 안락사를 택한 사람 중에는 안락사가 아니었다면 자살이나 병으로 죽었을 사람도 많았을 거라고 한다. 그래서 그런가. 예전에 일본에서는 자살자 수가 연간 3만 명을 넘었던 적도 있었으나, 최근에는 수천 명으로까지 줄어들었다. 아무튼 일본에서는 헤이세이라는 시대에 죽음을 둘러싼 상황이 극적으로 변했다.

"이 나라는 사람이 하나 죽어야 뭔가 일들이 진행된다니까."

책을 읽는 데에 열중하고 있어서 히토나리가 일을 끝내고 집에 돌아온 것을 몰랐던 모양이다. 히토나리는 냉동 블루베리를 입에 물고, 오늘 입고 출연했던 재킷을 벗는 중이었다. 나는 내가 안락사에 대해서 조사하고 있다는 사실을 그에게 알리고 싶지 않았지만 그는 이미 내 등 뒤에서 내가 읽는 책을 봐버린 모양이었다.

---

\*   일본 최대의 영상 서비스

"의사선생님이랑 카운슬러하고는 만났어?"

"응. 그런데 아키하바라 사건 이후로는 정말 형식적인 체크밖에 안 해. 내 상태를 얘기했더니 특별히 문제는 없다고 했어."

"문제가 있으니까 죽으려고 하는 거잖아?"

어쨌든 다행이다. 어젯밤과는 달리 지금은 그와 아무런 거리낌도 없이 죽음에 대한 대화를 나눌 수 있다. 어제부터 한숨도 못 잔 것이 거꾸로 잘된 건지도 모르겠다.

"문제가 있다기보다, 죽기에 가장 좋은 시기를 만났다는 느낌이야."

그는 내 쪽을 보지도 않은 채 서피스(Surface) 노트북을 펼치고 키보드를 두드리기 시작했다. 늘 그렇듯이 모니터를 향해 얼굴을 비스듬히 기울이고 오른쪽 눈만을 쑥 내민 것 같은 모습을 하고 원고를 쓰고 있다. 미라이는 어느새 소파를 떠나 히토나리의 무릎 위에 올라가 있었다. 미라이는 그를 잘 따른다.

아버지가 살아생전 키우기 시작한 미라이를, 어머니가 갑자기 고양이 알레르기를 일으키는 바람에, 1년 반쯤 전 이 집으로 데리고 왔다. 애들은 싫다고 했던 히토나리가 미라이에게 어떤 반응을 보일지 불안했는데 쓸데없는 걱정이었다. 그는 미라이를 예뻐했고 심지어 자신의 책 표지에까지 등장시켰다. "사육비를 받아낼 목적으로 그랬던 것뿐이야"라고 했지만 나 몰래 미라이의 몸에 얼굴을 묻고 있는 모습을 몇 번이나 봤다.

히토나리는 『주간분슌(週刊文春)』에 연재 중인 에세이를 쓰고 있는 모양이었다. 마감은 오늘 15시일 거다. 죽음을 생각하고 있는 인간이 성실하게 마감을 지켜 일하는 모습이 우스꽝스러워 보였다.

그가 진심으로 죽겠다는 생각을 하고 있다고 하더라도, 그건 오늘내일 하는 코앞에 닥친 일은 아닌 모양이었다. 그렇게 생각하니 갑자기 하품이 나온다.

"오늘 아침까지 서점에 있었어?"

그는 시선을 서피스의 모니터로 향한 채, 자못 '흥미는 조금도 없지만 예의상 물어는 봐둘게' 하는 태도로 물어왔다.

"이 주변에 24시간 영업하는 서점은 없어. 롯폰기의 츠타야라도 새벽 4시까지밖에 안 해. 히토나리도 알고 있잖아."

"그럼, 아침까지 뭘 했어?"

그는 조금의 흐트러짐도 없이 키보드를 계속 친다. 하야시 마리코(林真理子)나 니시무라 교타로(西村京太郎)에게는 못 미치겠지만, 그의 필력은 그의 연배 세대 중에서는 대단한 편이어서 연간 5권 정도의 책을 써낸다. 이렇게 글을 쓰면서 다른 사람과 대화를 나눌 수 있는 것을 특기로 삼고 있었는데, 그럴 때 얼마나 진지하게 상대의 이야기를 듣고 있는지는 알 수 없다. 나는 그의 질문에 대답하지 않고 까레(KARE)에서 산 사이드테이블 위의 구글 홈을 향해 말을 건다.

"있지 구글, 오늘 일정은?"

"오늘의 캘린더에는 3건 있습니다. 15시부터 덴쓰*에서 사와모토 씨와 사전회의, 17시부터 니혼 테레비의 〈반기샤!〉**에서 취재, 19시부터 쇼가쿠칸(小学館) 오가 씨와 아자부주방(麻布十番) 가쓰라하마(桂浜)에서 식사 약속입니다."

아직 11시 전이니까 샤워할 시간을 감안해도 3시간 이상은 잘 수 있다. 덴쓰의 사전회의는 건너뛰고 싶었지만, 그렇지 않아도 저작권자의 딸이라는 위치는 자칫 교만하다는 말을 듣기 십상이다. 조신하게 구는 게 좋다. 약속 시간에 늦지 않게 14시 50분에는 시오도메(汐留)에 도착하도록 하자.

"있지 히토나리, 나 좀 자고 나올게."

"나도 이 에세이 다 쓰면 눈을 좀 부칠까나."

"7시간 푹 잔 거 아니었어?"

이번에는 그가 질문에 대답하지 않는다. 나는 중학생 때부터

---

\* 2電通. 일본의 광고 대리점
\*\* '真相報道バンキシャ!'. 특정 인물이나 단체에 대해 달라붙듯이 취재를 하는 업계 용어 '당번기자(番記者)'에서 프로그램명이 유래했다고 한다.

마이스리* 없이는 잠을 못 잤지만, 그가 잠자는 것 때문에 힘들어하는 모습은 본 적이 없다.

이 집에서 우리는 각자 자기 방을 가지고 있지만, 침실은 공유한다. 히토나리의 성격을 생각해서 침실을 나누겠냐고 제안한 적도 있었는데, 그는 침대를 같이 써도 좋다고 말했다. 그는 늘 침대에 누우면 마치 기계처럼 불과 몇 분 만에 잠들어버렸다. 나는 하룻밤에 몇 번이나 잠이 깨는데 그럴 때 그가 깨어 있는 것을 본 적도 없다. 그러니까 안락사란 말을 들었을 때도 그가 우울증이나 정신적 스트레스로 괴로워한다는 쪽으로는 전혀 생각을 할 수가 없었다.

물론, 오래 사는 게 선이라고 여겨져 온 사회에서 '죽고 싶다'고 바란다면 그 자체만으로도 정상이 아닌 게 분명하다. 그런데 사실은, 자살이나 안락사를 실제로 하는가 안 하는가와는 별개로, '죽고 싶다'고 생각하는 사람은 결코 적지 않다고 한다. 좀 전에 읽은 책에 의하면 "자살이나 안락사를 진지하게 생각해본 적이 있다"라고 하는 사람의 비율은 25퍼센트에 달한다고 하며, 특히 20대에서는 그 수치가 무려 45퍼센트나 된다고 한다. 100세 시대라고들 하고 많은 사람이 장수할 수 있게 된 시대에, 이렇게 많은

---

\* マイスリー. 졸피뎀 성분의 수면제

젊은이가 죽음에 이끌린다는 게 기이한 일이라는 생각이 들었다.

파우더룸에서 화장만 지우고 그와 커플 맞춤으로 산 마시멜로 가제 파자마로 갈아입는다. 섹스토이가 진열되어 있는 침실은 두꺼운 차광 커튼이 쳐져 있다. 그는 웬만큼 밝은 방에서도 잠들 수 있는 모양이지만, 나는 조금이라도 빛이 있으면 잠들지 못한다. 우머나이저가 충전 중임을 알리는 녹색 점멸등조차도 신경이 쓰일 정도다.

그와 함께 긴자의 쇼룸에서 고른 템퍼 매트리스에 눕는다. 수면 시간에 변화는 없지만 템퍼를 사고 나서는 침대 위에 있는 것이 고통이 아니게 됐다. 베갯머리에 놓여 있는 마이스리를 5밀리그램만 먹고 눈을 감으려고 할 때 마침 딱 맞춰 그가 침실에 들어왔다. 셔츠와 바지, 둘 다 텔레비전에 나왔을 때 그대로다. 물론 미라이의 털도 많이 붙어 있다. 게다가 양말도 신은 채로였다.

"안 갈아입어? 다 구길 거야."

"어차피 드라이클리닝 내놓을 건데 뭐."

그렇게 말하고 그대로 침대에 들어온다. 섹스를 싫어한다고 공언하는 그에 대해 사람들은 그가 깨끗한 걸 좋아하는 결벽증 때문일 거라고 착각하지만, 전혀 아니올시다. 사용한 물건을 치우지 않아도 마음이 불편하지 않고 입었던 옷도 흐트러진 채로 내던져 놓는다. 타인의 체취나 체액에 대해서는 민감하지만 자기 자신의 더러움에는 완전히 무신경한 거다. 방송국에서 만져준 머리에도 왁스와 스프레이가 그대로 남아 있을 것이다.

우리는 늘 그렇듯이 킹사이즈 침대의 끝과 끝에 누웠다. 좀 전에 먹은 마이스리가 듣기 시작하면서 감각이 조금씩 몽롱해져 갔다. 오른손을 뻗어 그의 몸을 찾으려 한 지점에서 의식이 멀어져 갔다.

*

쇼가쿠칸과의 식사 자리가 끝난 후, 2차 하러 가자는 것을 사양하고 니노하시(二橋) 교차로에서 택시에 올랐다. 내일 일정을 확인하려다가 히토나리가 스케줄을 어느 날까지 입력했는지 확인하지 않았다는 사실을 깨닫고 구글 캘린더를 열어보았다. 이번 달과 다음 달의 캘린더에는 텔레비전 출연이나 원고 마감, 강연 일정이 빼곡하게 들어 있다. 4월 이후는 캘린더에 공란이 눈에 띄기 시작하지만 그래도 몇몇 일정들을 확인할 수 있다. 혹시나 하여 2020년까지 페이지를 넘겼지만 마지막 일정은 2019년 1월에 있는 친구 생일모임이었다. 그러고 보니 그는 올림픽 개폐막식 기획팀을 그만뒀다.

역시 새로운 연호가 시작되는 2019년 4월 말에 맞추어 죽으려는 건가. 헤이세이(平成)와 함께 무대를 내려간다는 것은 확실히 '히토나리(平成)'의 마지막으로서는 최고의 타이밍일 것이다. 글자 그대로 그는 헤이세이(平成)와 함께 태어나 헤이세이(平成)와 함께 사라지는 게 된다. 전임 왕의 붕어에 따른 새 연호의 시작은 아니라는 점에서, 옛 시절 왕이 죽으면 함께 목숨을 끊었던 순사(殉死)라고 부를 수 없는 건 분명하지만, 헤이세이가 막을 내리는 때에 맞추어 스스로 목숨을 끊었다고 하여 일부에서는 화제에 올릴지도 모른다.

그러나 그것은 그의 평소 신조에 반하는 거라는 생각이 들었다. 히토나리는 어떤 경우라도 자기 결정을 소중히 여겼다. 일을 선택할 때도 항상 자신의 재량권이 보장되는가 아닌가를 중시했다. 그런 그가 타인이 정한 타이밍에 따라 자신이 죽을 때를 선택한다는 것은 그답지 않다. 집에 가서 그가 돌아올 때까지 기다릴 수 없어서 나도 모르게 택시 안에서 전화를 걸었다. 10초도 안 돼서 그가 전화를 받았다.

"있지 히토나리, 역시 헤이세이와 함께 죽는다는 건 최고로 꼴불견이야."

"갑자기 무슨 말이야?"

"히토나리는 스스로 결정하는 것을 중요하게 생각하는 사람이잖아."

"침착해. 할 이야기가 있는 거라면 만나서 얘기해. 나도 지금 마침 일이 끝났으니까 어디든 갈 수 있어."

어제부터 내가 이상하다. 원래 "침착해"라는 말은 내 쪽에서 죽음을 생각하는 그를 향해 던져야 할 대사다. 그런데도 내가 그 사람 이상으로 마음의 평정을 잃고 있다. 그는 나가타초(永田町)에서 막 우버를 탄 참이라고 해서, 우리는 안다즈 호텔의 루프톱 바에서 만나기로 했다. 언제나 EDM을 시끄럽게 틀어 놓는 곳인데, 분명 정적을 견디지 못할 지금의 나에게는 딱 좋은 곳이다. 차 대는 곳에서 택시에서 내려 파티로 분위기가 고조된 피루에트 옆을 빠져나가 거울이 붙은 엘리베이터를 탔다. 바닥에서부터 나를 밀어 올리는 듯한 중력을 희미하게 느끼면서 눈을 감자, 이대로 어딘가로 멀리까지 갈 수 있을 것 같은 착각에 휩싸인다. 그러나 겨우 수십 초나 지났을까. 몸은 이미 52층으로 올라왔다. 문이 열리자 늘 그랬듯이 높은 볼륨의 중저음이 홀 안을 채우고 있었다.

생 로랑의 선글라스를 끼고 웨이터에게 영어로 "Could I have a table with a nice view, please?"라고 말했다. 기분 탓인지 모르지만 최근 도쿄에서는 이렇게 외국인 행세를 하는 편이 양질의 서비스를 받는 데 유리하다. 그게 아니더라도 나 자신이 외국인이 되어 버리면 업소 측에 대한 소소한 불만에 대해서 더 너그러워질 수 있다.

원하던 대로 도쿄만의 야경을 한눈에 내려다볼 수 있는 창가 자리로 안내받았다. 맨션에서 늘 바라보던 경치와 거의 다르지 않을 텐데도 층수가 조금 높다는 이유만으로 조망이 훨씬 시원하다. 52층이나 되니 같은 눈높이에 있을 건물이 거의 존재하지 않기 때문이다. 높은 위치에서 거리를 바라보면 모든 고민은 작게 느껴진다고 흔히들 말하는데, 나는 그건 거짓말이라고 생각한다. 오히려 눈 아래 바로 내려다보이는 이 거리에서만 해도 지금 이 순간 몇십만 명의 사람들이 서로 사이가 틀어지고 있을 것이며, 몇십만 명의 사람들이 죽음을 생각하고 있을 거라는 생각이 문득 들면서, 순식간에 네거티브한 감정의 파도에 압도당할 것 같이 된다. 잘 팔린다고 해서 읽어본 『그대들 어떻게 살 것인가』*에서도 주인공 코페르가 도쿄의 거리를 겨울 바다에 비유하면서, 낯모르는 몇십만 명, 몇백만 명이 거기에 살고 있다는 사실에 몸서리가 쳐진다는 묘사가 있었던 것 같다.

웨이터가 메뉴를 들고 와서 "Can I get you something to drink?"라고 물었다. 그 타이밍에 히토나리로부터 전화가 걸려왔다.

"지금, 52층 엘리베이터에서 내렸는데, 어디 있어?"

"창가 자리."

---

\* 요시노 겐자부로의 소설

바로 앞에 서 있는 웨이터를 두고 나는 멋쩍어하며 아주 조금 더 듬거리는 발음으로 말한다.

"어두워서 잘 모르겠어. 데리러 와주지 않을래?"

나는 어쩔 수 없이 웨이터에게 일본어로 "샴페인을 글라스로 두 잔. 혹시 로제가 있으면 그것으로"라고 말하고 히토나리가 서 있는 곳으로 갔다. 그는 아침에 입었던 것과 같은 랑방 재킷과 셔츠에 아크네 롱코트를 걸치고 있었다. 셔츠는 역시나 주름투성이인 채였다. 머리까지 눌려 있었다.

"아침에 입었던 거 그대로 입고 나갔구나."

"신지로 씨 일행과 하는 식사 자리라서 조금 포멀한 옷이 좋지 않을까 생각했는데, 마침 이미 입고 있더라고."

귀엽다고 생각하면서 히토나리의 머리를 쓰다듬었다. 어제는 "응, 좋아"라고 대답을 해버렸지만, 역시 그를 죽게 놔두다니 안 돼라고 생각을 가다듬는다. 그는 자신이 바라는 대로의 끝내기를 할 수 있어서 만족할지 모르지만, 그래서는 내가 견딜 수 없다. 그의 손을 잡고 창가 자리로 와서 앉자, 바로 글라스 샴페인이 나왔다. 나는 단숨에 비우고 "안 되겠네. 병으로 주시겠어요?"라고 웨이터에게 말했다.

"과음은 좋지 않아."

스스로는 안락사를 하겠다고 생각하고 있으면서 남 앞에서는 세간의 상식을 존중하는 사람처럼 말한다.

"저기 있지, 회의할 때, 또 한창 회식 중일 때에도 계속 생각했는데."

"그러면 되나. 회의할 때는 집중을 해야지. 일본의 장시간 노동의 원인 중 하나는 회의 시간이 길고 횟수가 많은 데에 있다고들 하잖아. 그러니 적어도 외부인으로서 타 회사의 회의에 참가할 때는 시간 감각을 가져야지."

"역시 히토나리, 죽으면 안 돼. 안락사라고 하니까 왠지 괜찮을라나 하고 생각했는데, 너의 경우는 결국 자살이잖아. 더구나 불치의 병에 걸린 것도, 견디기 힘든 육체적 고통이 있는 것도 아니고. 우울증이 있는 것 같지도 않고 정신병이 있는 것도 아니고. 친구도 있고, 일도 있고, 돈에도 어려움이 없어. 그런데도 죽고 싶다니, 왜 그러는 거야?"

어제는 그토록 침착함을 유지하려고 노력했었는데, 그야말로 단숨에 히스테릭하게 따졌다. 충분히 자각하고 있지만, 나는 그에 대한 존경심이 지나치다. 나는 스스로를 크리에이터라고 칭하고 있긴 하지만 어차피 아버지의 후광을 입어 활약하고 있는 것에 불과하다는 사실을 충분히 자각하고 있다. 감각도 감성도, 슬플 정도로 범인의 틀을 벗어나지 못한다. 그런 범인의 눈으로 보자면 히토나리는 너무나도 눈부신 존재였다. 그러니까 그가 하는 말은 쉽게 부정할 수 없었고, 그의 생각을 감당할 수 없을 것 같은 때에도 어떻게 해서든 그에게 맞추려고 애써왔다. 그렇게 함으로써 나도 비범해질 수 있을 거라고 착각했던 건지 모른다. 그러니까 안락사에 관해서도 어떻게든 그의 입장에 바싹 다가가려고 해본 거다. 그러나 이것만은 역시 무리였다. 나는 죽음에 대해서는 지극히 상식적인 인간으로 남는 것에 족하다. 아니나 다를까. 그는 나를 향해, 불쌍한 사람이구나, 하는 말투로 이야기하기 시작했다.

"마치 20세기 사람 같은 말을 하네. 사람들의 사생관은 10년, 20년에 바뀌는 게 아니니까, 너처럼 생각하는 것도 어쩔 수 없다는 생각은 들어. 사람들의 평균수명이 짧았고 죽을 일이 많았던 시대에는 자살을 금기로 여기는 것이 이상한 일이 아니었어. 하지만 지금은 2018년이야. 토마스 모어가 『유토피아』 속에서 안락사의 가능성을 제기한 지 벌써 5세기가 지난 시대야. 죽음은 더 자유로워져도 좋다고 생각해.

모든 사람은 예외 없이 죽어. 그 시기가 조금 앞당겨지는 것 가지고 소란 떨 것 없어. 내 생각은 변함없어. 다 끝난 인간으로 살고 싶은 생각은 없고, 또 충분히 다했다는 기분도 들어. 이제 와서 내가 갑자기 틱톡커*가 된다면 썰렁해질 뿐이잖아? 내 마지막은 내 스스로 정하고 싶어."

"헤이세이와 함께 죽어서 3면 귀퉁이에 부고 소식이 실리는 마지막이 좋다는 거야? 연호가 바뀌는 타이밍에는 뉴스가 많을 거기 때문에 아무것도 아닌 날에 죽는 것보다도 더 작게 취급될 거야."

그의 트위터 팔로워 수는 97만 명. 문화인으로서는 많은 숫자다. 젊은이가 안락사하는 것도 드문 일은 아니게 됐지만, 그처럼 잘 나가고 있는 사람이 안락사를 선택한 경우에 대해서는 들은 적이 없다. 히토나리가 그렇게 죽는다면 꽤나 뉴스거리가 될 것이다. 장례식은 쓰키지혼간지(築地本願寺)나 아오야마 장례식장(青山葬儀所)에서 있게 될 거고 유명인이 조문하러 오는 광경도 쉽게 상상할 수 있었다. 특별방송까지는 만들어지지 않겠지만, 그가 레귤러로 출연 중인 프로그램에서는 추모 코너 정도는 만들 것이다. 서점에서도 전용 코너가 설치되어 그가 지금까지 출판한 책이나 무크**가 진열될 것이다. 그러나 새 연호의 시작을 놓고 세상이 축하 분위기 일색으로 뒤덮일 때에 죽음을 선택한다면, 묵

---

\*     TikToker, TikTok은 2016년 9월에 출시된 15초 동영상 기반 SNS다. 10대, 20대 사이에 인기가 높다.

\*\*     Mook, 부정기 간행물

살까지는 안 가더라도 미디어는 그의 죽음을 결코 크게 다루지는 않을 것이다.

"아직 죽을 때를 2019년 4월 말이라고 명확하게 정한 건 아니야. 다만 슬슬 마감은 결정해야겠다고 생각 중이야. 가장 적합한 시기는 계속 찾고 있어.

내가 좋아하는 역사학자는 졸업생을 상대로 이런 말을 해준대. '마감이 있는 인생을 사십시오.' 공감 가는 말이야. 우리는 마감이 있어서 계획을 세우거나 기를 쓰고 작업을 해내거나 안달을 하거나 할 수가 있어. 만약에 모든 일들에 마감이 없다면 사회는 돌아가지 않을 거야. 그래도 인생이라는 마감은 때로 너무 길어. 끝이 언제 찾아올지도 알 수 없으니까. 나는 인생의 마감을 결정함으로써 나 자신을 몰아가고 싶어. 그러니까 죽기 전에 지금까지 해오던 것 중 최고의 작품을 만들 작정이야. 죽은 자만이 앉을 수 있는 특등석에 어울리는 뭔가를 남겨두지 않으면, 네가 말하는 대로 내 인생은 자칫 우스꽝스럽게 되어버릴 테니까."

나는 알코올로 머리가 잘 돌아가지 않는 탓인지 그가 말한 죽고 싶다는 이유에는 역시 뭔가 커다란 결함이 있다는 느낌이 들었다. 그러나 그것이 무엇인지 콕 집어낼 수가 없어서 답답했다. 어쩌면 그가 빠져 있는 것은 국소최적해(local optimal solution)의 딜레마일지도 모른다.

언젠가 그 자신이 말했었는데, 어떤 분야에 대한 정보가 부족할 때에는 몇 가지 조건에만 기초하여 답을 내야 할 경우가 있다. 더 많은 여러 조건을 인풋하면 더 최적인 해(解)를 발견할 수 있을 텐데, 정보가 부족하여 그 가능성을 놓쳐버린다는 것이다. 인공지능으로 말하면 기계 학습이 어정쩡해서 오차가 많은 상태다.

"히토나리가 죽고 싶다는 것은 알겠어. 하지만 히토나리는 실제로 안락사에 대해 얼마나 알고 있어? 병원이나 안락사 업자에 대한 비교는 해봤어? 실제로 안락사를 선택하는 사람이나 유족에 대한 조사는 해봤어? 히토나리는 까칠한 인상과 달리 사람들이랑 어울려 이 얘기 저 얘기 잘하잖아. 그렇다면 안락사에 대해서도 사람들을 만나서 철저히 조사를 해봤냐고?"

그는 멍하니 야경을 바라본 채, 10초 정도, 말없이 생각에 잠긴 모습을 했다. 히토나리는 나름대로 죽을 이유다운 것을 갖고는 있지만, 안락사 현장에 대해서는 아는 게 너무 없는 게 아닐까. 그의 이야기가 마치 리얼리티 없는 몽상처럼 들리는 것은 그 때문인지도 모른다는 생각이 들었다.

"네 말이 맞아. 안락사를 하겠다는 결정은 했지만, 실제 안락사 현장에 대해서는 거의 아는 게 없어. 물론 동영상 정도는 봤지만 직접 안락사 현장에 입회해 본 적은 없어. 죽는 이유만 생각하고 실제 죽는 방법에 대해서는 그렇게 진지하게 생각해보지 못했네.

그런 점에서는 네 말이 맞아."

뭔가 희망이 보이는 것 같은 기분이 들어서, 글라스에 넘실넘실 따라놓은 샴페인을 벌컥 들이켰다. 바에 흐르는 중저음이 기분 좋아서 무심결에 일어섰지만 바로 균형을 잃고 그의 몸에 기댔다.

"너무 마셨어. 이제 집에 가자."

"있지 히토나리, 오늘은 그냥 여기 안다즈에 묵자."

"조금만 가면 바로 우리 맨션이야."

"방 침대는 히토나리 때문에 지저분해졌다고. 전부터 말하고 싶었는데, 나, 양말 신은 채로 침대에 들어오는 거, 싫어해."

내켜 하지 않는 그의 손을 끌고 라운지에 상주하고 있는 호텔 스태프에게로 걸어갔다. 나는 스위트가 좋다고 했는데, 그가 스태프와 얘기를 해서 타워킹 룸을 잡았다. 그대로 룸 키를 받아서 49층의 방으로 향했다.

"내가 어제부터 제멋대로지."

"그건 서로 마찬가지야."

방문을 열자, 도쿄타워가 눈으로 뛰어들어 왔다. 고층에서의 야경은 익숙했지만 도쿄는 서향인 쪽이 조금 밝다. 롯폰기힐즈, 도쿄미드타운 등 이 거리의 랜드마크가 저 멀리까지 한눈에 들어왔다. 버킨백을 난폭하게 바닥에 던지고 히토나리를 껴안았다.

에르메스의 몬순정원*에 섞여서 희미하게 히토나리의 체취가 코로 들어왔다. 그가 온종일 입고 다녀서 엉망으로 구겨진 셔츠에 얼굴을 파묻었다. 비누가 조금 발효한 것 같은, 새콤달콤한 향기. 그를 올려다봤다. 미간에 주름이 잡힌 얼굴이 난처한 표정을 하고 있는 것도 같고 웃고 있는 것도 같다.

그대로 코트와 재킷을 벗겨내어 소파에 던졌다. 구겨질지도 모르지만 그는 개의치 않을 것이다. 셔츠 단추를 위에서부터 하나씩 벗겨갔다. 히토나리의, 깡마른 가슴팍과 군살 하나 붙지 않은 배가 나타났다. 언젠가 배에 살이 붙을 것 같았는데, 그때 그는 공복에 요힘빈**을 복용하고 스텝퍼를 이용한 제자리걸음 운동을 시작했다. 아이허브에서 보내온 대량의 건강보조제와 미국 아마존에서 샀다고 하는 409달러나 하는 스테어마스터라는 투박한 스텝퍼가 집에 배송되어 왔을 때는 그에게 냉소를 보냈는데, 얼마 후 그에게서 군살이 완전히 사라진 것을 보고, 나도 똑같은 트레이닝을 시작했다.

그 일직선의 배에 키스를 하고 그대로 벨트를 벗기려고 했더니, 그제서야 비로소 히토나리가 저항을 하기 시작했다.

---

\*   에르메스의 자르뎅 라인 향수. 인도의 몬순이 지나간 깨끗한 공기에서 영감을 받은 향수
\*\*   교감신경의 흥분 효과를 차단하는 약. 최음제로 쓰기도 한다.

"갑자기 왜 이래?"

"제멋대로인 건 피차일반이잖아?"

그렇게 말하고 그의 팔을 밀어내고 그대로 루이비통의 검정색 바지를 발밑까지 내려버렸다. 그러나 놀랍게도 그레이브볼트 복서 팬티 속 그의 페니스가 발기해 있는지 불룩 솟아 있었다. 나는 아직 코트조차 벗지 않았으니까, 틀림없이 내 몸을 보고 욕정을 일으킨 건 아니다. 뭘까? 그의 몸은 이 상황에 흥분하고 있다는 건가. 부풀어 있는 복서 팬티를 벗기려고 하자, 드디어 그는 진짜로 저항하기 시작했다. 그렇긴 해도, 나를 밀쳐버리고 싶지는 않았는지 그 자리에서 몸을 웅크리고 앉아버렸다. 신장 187센티의 남자가 풀어헤친 셔츠와 무릎 아래까지 내려와 있는 바지 차림으로 양말을 신은 채 힘없이 주저앉아 있는 모습이 우스꽝스러웠다.

"더러워서 안 돼. 내가 마지막 샤워를 하고 나서 벌써 24시간 이상이 지났어."

"더러운지 어떤지는 네가 아니라 내가 결정해. 네 몸을 핥으려는 건 나야."

"네가 핥으려는 건 나야. 나한테도 내 몸이 더러운지 어떤지를 판단할 권리는 있어."

나는 웅크린 몸을 밀어 넘어뜨리듯이 하면서 그를 위에서 감싸

듯이 덮쳤다. 그가 진짜 거부하려 들면 신장 157센티인 나 따위
는 간단히 밀쳐낼 수 있을 텐데 그렇게 하지 않았다. 대신 겁먹은
것 같기도 하고 난처한 것 같기도 한 표정을 하고 내 얼굴을 쳐다
봤다. 나는 조금은 짓궂은 웃음을 지으며 그에게 말했다.

"그럼 말이지, 너한테는 죽을 권리가 있다고 치고, 그렇다면 네
죽음을 겪어야 할 나에게도 뭔가 권리가 있어야 하는 게 아냐?"

"그건 말도 안 되는 견강부회가 아닐까?"

아랑곳 않고 나는 그의 팬티를 내리고 발기해 있는 페니스를
입에 물었다. 암모니아와 갯바위의 냄새가 섞인 듯한 비린내가
입을 통해 전달돼 왔다. 귀두 끝에서는 어렴풋이 투명한 액체가
새어나오기 시작한다. 눈을 치켜뜨고 그를 보니, 그가 짜내듯이
하는 목소리로 중얼거렸다.

"있지, 일단 목욕이라도 하지 않을래?"

"히토나리는 아무것도 안 해도 돼. 나도 일절 안 만져줘도 돼.
그냥 그대로 부끄러워하고만 있어."

나는 신중하게 그의 포피를 젖혀 나갔다. 진성포경 일보 직전
인 그는 잘 젖혀주지 않으면 가죽이 제자리로 돌아가지 않게 되
어버린다. 하지만 만약 그렇게 된다면 같이 비뇨기과에 가면 되
지. 그런 생각을 하자 더욱더 흥이 올라서 귀두에서부터 그 아랫
부분까지를 집요하게 핥았다. 입에서는 나 자신도 놀랄 정도로

많은 타액이 나와서 탁한 액체를 빨아들이려 할 때마다 쩝쩝 큰 소리가 났다.

"히토나리, 키스해도 돼?"

"자기 정액이랑 간접 키스 하는 건 마음 안 내켜."

그는 지금 절대로 키스 같은 거 하고 싶지 않을 거다. 우리는 늘 키스를 하기 전에 꼼꼼하게 이를 닦든가, 아니면 최소한 브레스케어\* 알약이라도 먹었다. 그래도 말이야, 이 정도는 내 멋대로 해도 괜찮지? 양손으로 그의 얼굴을 내 정면으로 향하게 잡고 난폭하게 혀를 그의 입안으로 미끄러뜨려 넣는다. 샴페인과 입 냄새가 섞인 따뜻한 한숨 속에서 그와 내 혀가 뒤섞인다. 목욕을 하지도 않고, 샤워도 하지 않고, 그와 섹스를 하려 드는 것은 처음일지도 모른다.

심술궂을 정도로, 많은 타액으로, 그의 얼굴과 목과 젖꼭지를 핥았다. 만약 남녀가 반대였다면 지금 내가 하는 것은 강간이라고 할 수 있을까. 아니, 2017년에 개정된 형법에서는 강제관계 등 범죄의 피해 대상에 남성까지 포함했을 것이다. 그렇지만 그의 페니스도 서 있고 삽입은 하지 않았으니까 고소당한다고 하더라도 강제외설죄겠네. 머릿속에서 그런 망상을 굴리는 사이에도 히

---

\*    일본의 구강청정제. 치약 등을 생산하는 브랜드

토나리의 숨은 자꾸만 거칠어져 갔다.

"평소랑 반대인 것도, 가끔은 좋지."

함께 살게 되고 나서 그에게 몇 번이나 아담 도쿠나가의 슬로우 섹스 DVD를 보여줬다. 내가 아담 도쿠나가에 대해 알게 된 것은 3년쯤 전에 딱 한 번 섹스한 적이 있는 어떤 뮤지션을 통해서였다.

나는 17살 때 섹스를 알게 되었지만 나 자신은 특별히 선호하는 섹스 스타일은 없다고 생각했었다. 그러나 시부야의 키츠네에서 열렸던 친구의 생일 파티, 거기서 만난 그 뮤지션은 섹스를 하는 시간이 놀랄 만큼 길었고, 그리고 능수능란했다. 헤어질 때 어떻게 그렇게 잘하냐고 비결을 끈질기게 캐물었더니 부끄러워하면서 "아담 도쿠나가야"라고 살짝 말해줬다. 아는 친구를 통해 그의 존재를 알게 되었으며 그가 주최하는 세미나에 익명으로 참가해보기도 했다는 것이다.

그 후 한동안은 아담 도쿠나가에 대해서 잊고 있었는데, 히토나리와 만난 뒤 그 이름을 기억해냈다. 섹스를 싫어하는 히토나리는 내가 자기 아닌 누구와 섹스를 하든 상관 않겠다고 말했지만, 그건 나 자신이 납득할 수 없는 일이었다.

어떻게든 할 수 있는 일이 없을까 하고 생각하던 중에, 문득 아담 도쿠나가가 머리에 떠올랐다. 아담식의 섹스는 혀가 아니라 손끝으로 하는 애무를 중시한다. 그거라면 히토나리도 습득하기 쉬울 거라고 생각했다. 점막 접촉을 싫어하는 그라도 손끝을 사용한 신체 애무라면 그다지 저항이 없을 거다. 그 결과, 노력가인 그는 무뚝뚝하긴 하나 나쁘지 않은 애무를 해줄 수 있게 됐다. 아담 도쿠나가의 교과서대로 손바닥 전체를 사용하여 등에서부터 둔부, 넓적다리 안쪽의 순서로 천천히 공들여 온몸을 애무한다. 클리토리스를 잠시 만져주고는 서둘러 삽입하려 드는 젊은 남자에 비하면 히토나리의 섹스는 나를 무척 행복한 기분이 되게 해줬다.

우리의 섹스에 조금 특별한 점이 있다면, 나만이 벌거벗고 그는 옷을 입은 채 혼자서 내 몸을 애무하는 것이다. 물론 나는 언제나 섹스 직전에 목욕하면서 정성껏 온몸을 씻는다. 그래도 그는 결코 맨손으로 클리토리스를 만지려 들지 않는다. 그 지점에서 내가 사모은 섹스토이가 나설 차례가 된다. 그는 가벼운 키스를 하면서 스바콤의 바이브레이터나 제우스의 저주파 패드나, 우머나이저를 손에 들고 나를 오르가슴으로 이끌어 간다.

그는 자신의 페니스를 삽입하는 것만큼은 완강하게 거부했다. 그래서 우리는 아직 한 번도 페네트레이션(penetration)이란 의미에서의 섹스를 해본 적이 없다. 그래도 옷을 입은 채로인 그에게서 차가운 시선을 느낀다든가, 우리의 섹스가 싫다고 생각한 적은 없었다.

"있지 히토나리, 역시 오늘도 넣고 싶지 않아?"

그는 한순간 골똘히 생각하는 듯한 표정을 지었나 싶더니 눈을 꾹 감고 입술을 옆으로 크게 벌려서 얼굴을 긴장시킨다. 그리고 결심한 듯이 자세를 바꿔서 내 몸을 바닥에 밀어붙이고 옷을 벗기려고 했다. 나는 그를 거드는 모양새로 마크제이콥스 코트와 케이코니시야마 원피스를 난폭하게 벗어 던졌다. 그는 정성껏 내 몸을 핥기 시작했다. 나는 히토나리가 상당히 무리하고 있다는 것을 알았다. 그는 평소 섹스할 때 혀 같은 건 절대로 사용하지 않기 때문이다.

그래도 오늘 밤의 그는 왠지, 혀를 사용해서 내 몸을 애무하려 든다. 아담 도쿠나가의 교재에는 애무를 하는 데에서 손가락보다 나은 무기는 없다고 쓰여 있을 텐데. 더구나 지금의 나는 샤워도 하지 않았다. 물론 땀을 크게 흘린 것도 아니고, 영구 제모도 해놓은 상태이지만, 타인의 냄새에 민감한 그로서는 신경 쓰일 부분도 있을 거다. 섹스할 때 혀를 사용하는 것을 완강하게 거부하던 그가 이러는 건 이런 상황에서도 삽입하고 싶어 하지 않는 것에 대한 그 나름의 보상 행위일까.

그의 혀는 드디어 내 하반신을 애무하기 시작했다. 커다란 팔로 내 양 무릎을 가만히 벌리고 나의 성기로 혀를 옮겨갈 모양이다. 그렇지만 역시 망설여지는지 혀는 클리토리스까지 닿지 않고 그 주위에서 우왕좌왕한다. 그는 숨도 멈추고 있었다. 있지 히토나리, 무리하지 않아도 돼. 어제의 그와 비교하게 될 테니까.

무심코 심한 말을 머릿속에 떠올리고 만다. 다행히, 목소리로는 나오지 않았는지, 그는 셔츠를 풀어헤친 채 걸레질을 하는 자세로 어떻게든 나의 성기를 핥아주려고 할 참이었다. 그래, 난 결코 히토나리의 몸을 필요로 하는 게 아니구나. 그 사실을 깨닫자 슬퍼져서 나는 히토나리의 머리를 몸에서 가만히 떼어내고 커다란 어깨를 꽉 껴안았다.

"미안. 무리하게 해서 미안."

"나, 뭐 틀렸어?"

그의 얼굴을 보니 야단맞는 것을 기다리고 있는 아이 같은 표정이다.

"아아니, 히토나리는 아무것도 틀리지 않았어."

귀엽다. 평상시는 무엇에나 자신만만하고 아무 망설임 없이 결단을 내리는 그이지만 자신이 모르는 것이 있나 싶으면 그 순간 얼굴에 불안한 표정을 나타낸다. 그에 비해 나는 이 얼마나 냉혹한 인간인가. 상황에 맞는 적당한 말이 떠오르지 않아서 1분 가까이 그를 끌어안은 채 있었다.

"그래도 말이야, 우리 둘 다 모양이 좀 우습지?"

아무 말 없이 가만히 있는 내가 그도 어색했는지 조금 익살을 떠는 것처럼 그렇게 말했다. 히토나리의 말에 정신이 들었다. 그의 말대로, 나는 부츠를 신은 채로고, 그는 셔츠를 풀어헤치고 바지가 발치에 흘러내린 상태로 있다. 서로의 모습을 보고, 드디어 나는 웃을 수 있었다.

"그러네, 우리, 뭐 하고 있는 걸까."

어제의 일을 떠올리면 떠올릴수록 눈앞에 있는 히토나리에게 미안한 마음이 들어 몇 번이라도 "미안해" 하고 고백할 것 같다. 하지만 아무리 그래도 그건 못 하겠다. 나는 그저 웃으면서 스티븐알란 부츠를 벗고 그의 무릎 아래까지 올라와 있는 검은 양말과 존롭 가죽구두를 벗긴다. 그가 온종일 신은 구두에서는 치즈가 발효한 것 같은 냄새가 났다.

"히토나리의 발도 냄새가 나는구나."

그렇게 말하자, 그는 정말로 부끄러워하는 표정을 지었다. 지금 말하는 것이 좋겠다.

"미안해."

*

"네, 토요일 12시지요. 고맙습니다."

그가 전화기에 대고 이야기 중이다. 어렴풋이 눈을 뜨니 커다란 창문 밖으로는 끝없이 쾌청한 하늘이 펼쳐져 있었다. 벌써 아침이 지난 모양이다. 간신히 일어나 베갯머리의 시계를 보니 오전 11시가 지나 있었다. 머리가 아프고 가슴도 메슥거린다. 멍한 머리로 오늘의 일정을 떠올려보려 했다.

"있지 구글, 오늘 일정은?"

"13시 반부터 어머니와 점심, 17시부터 도호에서 겐키 씨와 미팅, 19시부터 쇼룸*의 마에다 씨와 식사 약속입니다."

구글 홈이 아니라 내 구글 캘린더를 보면서 히토나리가 해준 대답이다. 그래, 여기는 집이 아니라 호텔방이다. 집과 호텔방을 구별하지 못하다니, 아직 취기가 가시지 않은 모양이다. 새삼스럽게 히토나리 쪽을 보니 그는 언더커버 스웨트 셔츠에 유니클로 기모 바지를 입은, 가벼운 옷차림새를 하고 있었다.

"집에 갔다 왔어. 더러운 옷은 아이(愛)도 싫어할 테니까."

그렇게 말하면서 헤파리제**와 돌(Dole)의 자몽 주스를 꺼내줬다.

"어머니와 만날 때까지는 아직 시간이 있으니까 더 자지 그래?

---

\* SHOWROOM, 일본의 인터넷 스트리밍 서비스
\*\* 숙취 해소제

레이트 체크아웃으로 해놓을게. 물론 미라이 밥 주는 건 나한테 맡겨도 돼."

그는 어떤 일이든 그 일을 한 번 이상 당해본 다음에는 그에 대해 어떻게 대응해야 할지 안다. 내가 그 앞에서 엉망으로 취하거나 숙취로 고통스러워한 것은 한두 번이 아니다. 그는 그때마다 대처법을 학습해서 나에게 필요한 최적의 해답을 제공해주게 됐다. 그에게 감사하면서 자몽 주스를 마셨다.

"누구랑 전화했어?"

"문예춘추의 편집자. 안락사에 대해서 취재를 하고 싶다고 했더니, 마침 그의 친척이 이번 토요일에 안락장(安樂葬)을 한대. 그래서 견학을 가기로 했어. 물론, 내가 안락사를 생각하고 있다는 말은 안 했고."

"있지 히토나리, 내 토요일 일정은?"

"13시에 마쓰야긴자의 서예전 방문, 15시에 트렁크호텔에서 이시다 씨 결혼 파티, 19시에 일브리오에서 미야자와 씨 생일모임입니다."

모두 세토프로의 일과 관련이 있는 일정이다. 꾀병을 부려 취소한다 해도 특별히 문제는 없을 것이다. 어느 쪽이나 사람들을 많이 불렀을 테니까. 이시다 씨와 미야자와 씨한테는 나중에 축하 선물을 보내주면 된다.

"히토나리, 그 취재에 나도 따라가도 될까?"

"일단 물어는 볼게. 그런데 왜?"

"정확하게 검산을 해줘야겠다는 생각이거든."

그는 내 말을 듣고 편집자에게 바로 전화를 했다. 히토나리가 나를 뭐라고 소개하는지 귀를 쫑긋 세우고 있자 '세토프로의 세 토 아이 씨'라는 가장 쉽게 통할 수 있는 고유명사를 사용했다. 나의 아버지는 문예춘추와 함께 일을 한 적이 없을 테지만 편집 자라면 '세토프로'란 이름 정도는 알고 있을 것이다. 그 때문인지 모르지만 나도 토요일 취재에 동행할 수 있게 됐다.

그와 나, 둘 다 '취재'라는 말을 사용했지만 그건 실은 생면부 지의 타인의 죽음에 입회하는 일이었다.

내가 죽음을 직접 경험한 것은 아버지 때 한 번뿐이었다. 아버 지는 병실에서 투병 생활을 하는 중에도 만화 그리기를 계속했지 만 반년이 지나면서 병세가 급격하게 악화됐다. 공식적으로는 펜 을 쥔 채로 의식불명이 됐다고 발표했지만, 실제로는 죽기 전 며 칠 동안은 고통이 심해서 발버둥 치며 괴로워했다. 당시는 지금 만큼 통증 완화 케어 기술이 발달하지 않았을 것이다. 혹은 병원 방침이었을지도 모른다. 아버지는 몇 번이나 "아파" 하고 절규 하면서 몸부림치다가 헤드보드나 사이드 레일에 몸을 부딪치곤 했다. 어머니와 간호사는 아버지의 몸을 쓰다듬어주었는데, "그게 아니야"라고 울면서 마구 고함을 쳤다. 아버지는 평소 온화한 성격이었기 때문에 그렇게 화난 목소리를 내는 것은 처음 들었다. 아버지가 남긴 최후의 말은 "부탁이니까 죽여줘"였다. 그것이 내가 유일하게 알고 있는 가까운 사람의 죽음이었다. 아직 초등학생이었을 때였는데도 누군가를 이렇게 고통 속에서 보내는 일은 두 번 다시 하고 싶지 않다고 생각했었다.

실제 안락사 현장을 방문하는 것은 물론 처음 해보는 일이었다. 텔레비전이나 잡지에서 안락사 특집이 편성되는 사례가 늘긴 했지만 임종의 순간까지 촬영한 것은 없었다. 바로 엊그제 TOKYO MX가 죽음을 결심한 니시베 스스무(西部邁)*의 다큐멘터리를 방송해서 화제가 되었는데 역시나 마지막 임종의 현장까지는 방영하지 않은 것으로 알고 있다.

마음먹고 검색해보니 임종의 순간을 페리스코프**로 중계하거나 동영상을 유튜브나 틱톡에 업로드 하는 사람이 꽤 있는 모양이었다. 그런 행위가 안락사를 쉽게 생각하는 조류를 만들지는 않을까 하는 논쟁도 일어나고 있었다. 나는 썸네일만을 확인했을 뿐 동영상을 열어보지는 않았다. 어차피 토요일이 되면 실제의

---

* 일본의 보수파 평론가
** Periscope. 트위터에서 제공하는 iOS 및 안드로이드용 비디오 생중계 스트리밍 앱

안락사 순간을 두 눈으로 볼 수 있다.

그곳이 온화한 공간이면 좋겠다고 바라는 한편으로 그러면 히토나리가 안락사에 더욱더 경도되어버리는 것은 아닐까 하는 두 가지 감정이 정리되지 않은 채 머릿속을 빙빙 돌았다.

"히토나리의 오늘 일정은?"

"15시부터 신초사에서 미팅이 있고 그 후로는 기노시타 씨랑 식사 약속."

"그럼, 어머니와 점심 식사, 히토나리도 같이 가지 않을래?"

나는 어머니에게 히토나리를 아직 제대로 소개한 적이 없었다. 맨션 계약 때에 그와 동거할 거란 말은 했지만, 그때에도 어머니는 별다른 흥미를 보이지 않았다. 〈부부냐냐〉의 각본을 썼을 때에 인사 정도는 했을 테지만, 그다지 친밀한 관계는 아닐 것이다. 나 또한 둘의 성격이 서로 잘 맞지 않을 것 같다는 느낌이 들어서 만날 기회를 일부러 만들지는 않았다.

"무슨 일이야, 갑자기?"

"응, 어쩐지 그냥."

왜 그럴 생각이 들었는지 나로서도 말로는 잘 표현할 수 없었지만, 나는 아마도 어머니가 히토나리의 상태를 보고 판단해주길 바랐던 것 같다. 나는 그가 정신적으로 이상해져서 죽음을 바라고 있는 것은 결코 아니라고 생각한다. 그러나 이렇게 생각하는 것은 내가 그와 오랜 시간을 함께 지냈기 때문일지도 모른다.

인간은 함께 지낸 시간이 길다고 해서 상대의 세세한 변화를 더 잘 알아차리게 되는 것은 아니다. 그사이에 상대의 다양한 표정을 접했기 때문에 미세한 변화에는 오히려 무뎌질 수 있다. 그래서 히토나리와 친밀한 관계에 있지 않았던 어머니라면 더 객관적인 시선을 가지고 그의 상태를 볼 수 있지 않을까, 하고 생각했던 거다.

그는 내키지 않는 기색을 보였지만 싫다고는 하지 않았다. 그래서 일단 안다즈에서 체크아웃한 뒤, 집에 돌아가 미라이에게 밥을 주고 옷을 갈아입었다. 어머니가 지정한 곳은 롯폰기힐즈 클럽이었다.

히토나리는 재킷을 입을까 망설였지만, 나는 그가 그렇게까지 포멀한 분위기를 낼 건 없다고 생각하여 벽장에서 닐바렛 셔츠를 골라 내밀었다. 내심 히토나리가 스웨트 차림새인 채로 가도 좋겠다고 생각했지만, 힐즈 클럽에는 남성은 칼라가 달린 옷이 필수라는 드레스코드가 있겠지 싶었다.

모리타워의 B주차 구역에서 우버에서 내려 라이브러리와 클럽 전용 엘리베이터에 올라타 51층 버튼을 눌렀다. 어머니는 3년 전에 도쿄회관이 영업을 중지한 후 힐즈 클럽 쪽을 자주 이용한다. 도저히 어머니의 평소 취향이라고는 생각되지 않아서 남자가 생긴 거라고 짐작했지만, 내키지 않아서 못 물어보고 있다.

엘리베이터 플로어에서 대기하고 있던 스태프에게 어머니의 이름을 대자, 스타아니스의 별실로 우리를 안내했다. 어머니가 아직 오지 않았기 때문에 우선 포트로 보이차를 가져다 달라고 했다.

"같이 사는 여자의 부모님을 만날 땐, 히토나리 같은 사람도 역시 긴장이 돼?"

"빅 콘텐츠의 저작권자란 의미에서는 신경을 쓰지."

"그런 게 아니라"라고 말하는데 어머니가 왔다. 전신에 장미가 프린트된 구찌 원피스를 입고 있었는데 절망적이라고 할 정도로 어울리지 않았다. 특별히 처방받은 슈글렛*을 먹고 살을 뺐다고 자랑했었는데 지금은 복용을 그만둔 걸까. 어머니는 히토나리의 모습을 확인하자마자 얼굴에 과장된 웃음을 흩뿌리면서 악수를 청했다.

"오랜만이네. 만나서 반가워."

히토나리도 일어나서 만면에 웃음을 띠우며 어머니의 손을 잡았다.

"격조했습니다. 지난달 〈아사히 신문〉에 실린 인터뷰, 무척 재

---

*     Suglat. 당뇨 치료제

미있게 읽었습니다. 성우 교체에 대한 세토프로의 의견을 들을
수 있어서 좋았습니다."

그는 신문을 구독하지 않는다. 아마도 롯폰기에 오는 동안에
분구라(聞蔵)*나 요미다스역사관** 등의 데이터베이스에서 어머니
의 이름을 검색했겠지.

그 후로도 어머니와 히토나리의 대화는 마치 〈우리들의 시대
(ボクらの時代)〉***의 녹화처럼, 무난하게 진행됐다. 어디엔가 카메라
가 있는 건 아닐까 의심될 정도로 서로에게 일체 빈틈을 보이지
않았다. 웃어야 할 곳에서는 웃고, 잠시라도 흐름이 끊길 것 같아
지면 어느 쪽인가가 곧바로 새 화제를 던진다. '히토나리가 손을
댄 영화' '부부냐냐의 인기가 계속되는 이유' '현재 관심 있는 것'
등, 마치 대본이라도 읽고 온 것처럼, 얘기해야 할 토픽을 차례차
례 소화해 갔다. 그리고 둘이서 미리 약속이나 한 것처럼 나와 히
토나리의 관계는 일체 건드리지 않았다. 그리고 물론 안락사를
생각하고 있다는 것에 대해서도.

달콤한 디저트가 나온 타이밍에 히토나리가 일정이 있어서 자
리에서 일어서게 되었다. 어머니는 웃으면서 그를 배웅했다. 그

---

\* 〈아사히 신문〉의 기사 데이터베이스
\*\* 〈요미우리 신문〉의 기사를 인터넷으로 읽을 수 있는 온라인 데이터베이스
\*\*\* 일본의 티브이 프로그램

가 별실의 문을 닫고, 스타아니스에서도 나간 것을 확인하자, 어머니는 얼굴에서 획 하고 웃음기를 거두고 험악한 얼굴을 했다.

"오른쪽 위 네 번째, 왼쪽 위 네 번째 이가 없었어. 그리고 아마, 오른쪽 위 다섯 번째도. 저 사람, 괜찮은 거니?"

\*

토요일은 순식간에 와버렸다. 히토나리는 블랙슈트와 검은 넥타이로 몸을 감싸고 있었다.

"그렇구나, 상복이구나."

"안락사에도 여러 가지 스타일이 있지만, 오늘은 장례 의식과 하나로 된 세리머니형(型)이니까. 안락사 시설이 장례식장 병설로 되어 있는 곳이래. 그래서 사후에 그대로 화장을 하는 모양이야. 합리적이지."

한동안 입지 않았던 상복을 벽장 안에서 끄집어내면서 그의 이야기에 귀를 기울였다. 죽음을 화장장에서 맞이한다는 건 참으로 현대적이라는 생각이 들었지만, 안락사 말고도 직장(直葬)\*이라는 방식도 유행한다고 했다.

---

\*   밤샘이나 고별식 등의 종교의식을 하지 않고 화장만 하는 장례식

산지직송(産地直送)과 어감이 비슷해서 웃고 마는데*, 간단히 말해서 사람이 병원에서 죽었을 때 그 사람을 그대로 화장장으로 옮겨버리는 거다. 묘지매장법3조의 규정에 의해 사후 24시간 내의 화장은 금지되어 있으므로 안치 시간을 두어야 한다. 하지만 밤샘이나 고별식을 생략하고 필요 안치 시간만 지나면 바로 화장해버리는 것이다. 화장 전에 친족들만 모여 간단한 식을 갖는 곳도 있지만 그때에도 식을 하는데 들어가는 예산은 10만 엔대 정도로 충분하다고 한다. 무종교이거나 번거로운 것이 싫은 사람이라면 그래도 좋겠다는 생각이 들었다. 합리주의자인 그는 어쩌면 직장(直葬)에 공감을 느끼는지도 모른다.

"아이(愛), 요코하마니까 이제 곧 나가야 해."

그가 재촉하는 소리를 들으며 현관으로 향했다. 그러고 보니 히토나리가 누군가의 장례식에 가는 것을 본 적이 없다. "살아 있는 동안에 만나지 않으면 의미가 없어"가 지론인 그는, 고령의 지인을 문병하러 가는 자리에는 자주 얼굴을 내밀었지만, 장례식에는 전혀 관심을 보이지 않았다.

"히토나리도 상복 같은 걸 갖고 있었구나."

"늘 입는 블랙슈트를 입어도 괜찮다고 생각했지만, 이런 기회

---

\* 　直葬와 直送는 둘 다 일본어 발음이 '쵸쿠소'임

가 늘어날 것 같아서 샀어."

슈트 가슴께를 뒤집으니 폴스미스의 태그가 보였다. 장시간 입어도 구김이 잘 가지 않는 트래블 슈트라고 한다. 히토나리가 10만 엔 이하의 셋업 슈트*를 사는 것은 드문 일이다. 구두도 평소의 존롭이 아니라 아식스에서 나온 '신고 달릴 수 있는 비즈니스슈즈'**를 신고 있었다. 정치가들 사이에서 유행한다는 신발이다.

이렇게 형식부터 갖추고 보는 히토나리의 방식이 싫지는 않다. 하지만 이렇게 준비를 갖춘 걸 보니 앞으로 온 일본의 안락사 현장을 다 둘러보러 다니겠다는 생각인가. 되도록이면 그의 '취재'에 동행하고 싶지만, 도중에 내 마음이 약해질지도 모르겠다.

우버를 타고 요코하마로 가는 동안에 우리는 각자의 일을 했다. 그는 서피스로 원고를 쓰고 나는 그동안 쌓여 있던 메일이나 메시지 등을 훑어본다. 둘이서 어딜 갈 때면 늘 그래왔던 광경이다. 신칸센으로 교토에 갈 때도, 비행기로 런던까지 날아갈 때도, 우리는 이동 시간에 각자의 일을 해치운다. 나는 그 시간이 싫지 않았다. 자못 '능력 있는 커플'이라는 분위기가 마음에 들었

---

* 단품 상품을 조합하여 맞춰서 입는 것
** 가죽 구두. 유연성이 뛰어나서 신고 달려도 된다고 함. '신고 달릴 수 있는 비즈니스슈즈' 라는 광고 카피로 판매

고, 무엇보다 손을 뻗으면 그가 있다는 게 안도감을 주었다.

세토프로에서는 내가 혼자서 결정해야 할 일이 늘어나고 있었는데, 그런 만큼 그가 내 옆에 있다는 사실이 큰 힘이 되었다. 결단은 언제든 고독하다. 그리고 결단은 결과적으로 누군가에게 상처 입히고 누군가로부터 미움받는 것을 감수하는 일이다. 하지만 옆에 그가 있음으로 해서 나는 누군가에게 미움받는 것을 피하지 않게 됐다.

요코하마엔딩사이트는 도메이(東名)고속도로에서 빠져나와서도 차로 한동안 더 들어간 곳에 있었다. 숙박 시설까지 갖춘 장례식장인데, 가루이자와의 결혼식장처럼도, 하코네의 미술관처럼도 보이는 시설이었다. 15개의 세리머니 홀이 있고 화장로(爐)도 총 8대를 완비하고 있다고 했다. 편집자가 지정해준 바람의 타워 앞에서 우버에서 내리자, 전광판에 '오기노메 와코 씨 고별모임'이라고 표시되어 있는 것이 보였다.

히토나리가 전화를 하자, 상복을 입은 남성이 바로 마중을 나왔다. 아직 젊을 텐데, QB하우스*에서 자른 것 같은 단발에 금속제 안경이라는, 답답하니 융통성 없어 보이는 용모다. 내가 늘 만나던 만화편집자와는 분위기가 달라서 당혹스러웠지만, 우선 가

---

*　싸고 빠른 것을 내세운 헤어커트 전문점. 우리나라의 블루클럽 같은 곳

법게 인사를 했다. 어찌 된 영문인지 편집자는 매우 송구스러워하는 얼굴이었다. 히토나리 쪽이 타인의 안락장을 취재할 수 있게 도움을 받는 입장일 텐데, 아무래도 이상하다. 그러나 그 이유는 곧 알 수 있었다. 우에무라라고 이름을 밝힌 그 편집자는 장례식에 참여하는 걸 포기해줄 수 없겠냐고 우리에게 물었다.

우에무라 씨는 히토나리에게서 전화를 받고 숙모에 해당하는 친척의 안락장이 곧 있을 예정이라는 사실을 생각해냈다. 통상의 장례식과 달리 본인이 희망한 안락장이니까 취재하는 사람이 와도 문제 될 게 없다고 생각했다. 더구나 히토나리는 조금은 이름이 알려진 인물이다. 오늘 죽을 예정으로 되어 있는 와코 씨 본인에게 확인 전화를 했더니 아무 문제 없다는 답도 있었다. 거리끼기는커녕 자신의 죽음이 뭔가에 도움이 된다면 기쁠 것이라며 취재를 환영하는 기색이었다고.

그러나 막상 장례식 당일이 되자 친척들이 그 사실을 알고 펄쩍 뛰었다.

"일부러 와주셨는데 죄송합니다. 설마 친척들이 이렇게 완강하게 반대할 줄은 몰랐습니다. 장례식장에 사정을 얘기했더니, 별실에서 장례식 모습을 견학하시거나 스태프에게 설명을 듣는 것은 문제없다고 합니다. 숙모 본인에게는 승낙을 받았습니다."

답답하니 융통성 없어 보인 것은 겉모습이었을 뿐, 우에무라 씨는 취재할 수 있게 정확히 준비해줄 줄 아는 사람이었다. 장례식장 스태프가 우리를 응접실로 안내했다. 방에는 모니터가 설치되어 있어서 '고별모임'의 상황이 중계되고 있었다. 본인의 허가는 얻었다고 해도 이와 같은 형태로 모임을 본 사실을 다른 사람들에게는 비밀로 해달라고 했다.

'고별모임'은 내 상상과는 달랐다. 생각했던 것보다도 훨씬 단출했다. 보통의 장례식이라면 관이 놓였을 장소에 관 대신 평범해 보이는 대(台)가 놓여 있다. 그 대에서 오늘의 주역인 오기노메 씨가 죽게 되는 것일까. 어린 시절 〈세계가 다 보여! 텔레비전 특수부〉에서 본 미국의 독극물 사형 장면이 생각났다.

고별모임에는 30명 정도가 참가한 것 같았다. 상복과 평복이 반반쯤이다. 오늘의 주역인 오기노메 씨는 아직 모습을 보이지 않았다. 참석자들은 파이프 의자에 앉아서 스마트폰을 만지작거리거나 옆 사람하고 이야기를 나누는 등, 별다른 긴장감이 없어 보였다. 몇 분 후, 쇼팽의 〈이별의 곡〉이 흐르고 사회인 듯한 여성이 식의 시작을 알렸다.

"여러분, 오늘 이렇게 모여 주셔서 감사합니다. 지금부터 오기노메 와코 씨의 고별모임을 시작하겠습니다. 오늘의 주역인 와코 씨가 입장하십니다. 여러분, 부디 박수로 맞이해주십시오."

참석자들의 드문드문한 박수 속에서, 앞쪽에 있는 문을 통해

오기노메 씨가 나타났다. 검은 기모노를 몸에 두르고 머리 모양을 포함하여 곱게 메이크업을 한 차림이었다. 그러나 어딘가 침울한 표정이다. 이제 곧 죽으려는 사람이 들뜬 표정을 하고 있으리라고는 생각하지 않았지만, 이렇게까지 공허한 얼굴을 하고 있을 줄은 몰랐다. 아직 70대일까. 발걸음도 또박또박한 게 도저히 중병에 걸린 환자로는 보이지 않았다. 사회자가 청하자 오기노메 씨는 인사말을 시작했다.

"오늘 저, 오기노메 와코의 고별모임에 와주셔서 감사합니다. 이 세상에 전혀 미련이 없다고 한다면 거짓말이겠지만, 여러분으로부터 사랑받는 동안에 가려고, 안락사를 결심했습니다. 제 사후에 관해서는 오늘 이 자리에 와 계시는 군지 씨에게 일임했습니다. 오늘까지 정말 고마웠습니다."

기어들어 가는 가느다란 목소리였다. 뭔가 정신적인 질환이 원인이 되어 죽음을 선택하게 된 걸까. 고별식장에는 두 명의 의사에 더해서 카운슬러도 대기하고 있었다. 그중 누군가 한 사람이라도 이의를 제기하면 안락사 세리머니는 바로 중지된다. 본인이 희망하지 않는데도 친척의 압력에 의해 안락사를 선택하는 케이스가 잇따랐기 때문에 제정된 룰이다. 그러나 의사와 카운슬러의 표정을 보니 무덤덤한 게 이렇다 할 흥미도 없이 식에 참석하고 있는 것처럼 보였다.

"여러분, 오늘 이 자리에 어머니 오기노메 와코 씨를 위해 모여주셔서 감사합니다. 아직 한참 건강하신 분을 보내는 것은 괴로운 일이지만, 어머니의 희망을 존중하고 싶습니다. 짧은 시간이지만 어머니와의 이별을 함께 해주시면 감사하겠습니다."

장례식장에 어울리지 않게 화려한 메이크업을 한 통통한 여성이 형식뿐인 인사를 했다. 오기노메 씨의 딸이라고 하는데, 전혀 슬퍼 보이는 얼굴이 아니다. 안락사에 대해 이미 충분히 대화를 해왔기 때문에 이제는 슬퍼할 단계를 지난 건가.

"저 사람이 입고 있는 새틴드레스, 샤넬일 거야. 장례식 복장으로 치자면 화려한 거라 하겠지만, 안락사 세리머니라 이 정도 화사한 것은 용납되는 모양이네."

그렇게 내가 중얼거리자, 그는 들고 있던 아이폰으로 당장 샤넬 웹사이트에서 드레스의 가격을 알아봤다. 41만 7960엔이었다.

"호오, 돈은 있는 집이군. 그런데 식은 꽤나 검소하게 하네."

샤넬 치고는 싸다고 생각했지만 말하지 않았다. 그의 말대로 안락사 세리머니를 위한 장소에는 제단도 없고 꽃도 드문드문 장식되어 있을 뿐이었다. 통상의 장례식과 달리 주역인 본인이 식 도중까지는 살아 있기 때문에 지나친 장식은 필요 없다는 콘셉트인지도 모른다.

오기노메 씨는 참석자 한 사람 한 사람과 짧은 대화를 주고받는다. 그러나 그것은 매우 형식적이어서 이번 생에서의 이별을 아쉬워하는 모습이라기보다는 마치 큰 회의에서 명함을 교환하는 것 같은 분위기였다. 누구 하나 울지 않는다. 오기노메 씨는 친척들과 서로 만나지 않고 지냈던 걸까. 그렇다면 친척들을 불러서 안락장을 할 게 아니라 다른 형태도 있을 수 있지 않았나. 아니, 도대체 오기노메 씨는 무슨 이유로 안락사를 하기로 결심한 걸까.

얼추 인사가 끝난 듯, 오기노메 씨가 대에 누웠다. 담요를 덮고 팔만 밖으로 내놓았다. 두 명의 의사와 카운슬러가 세 번에 걸쳐서 그녀의 의지를 확인했다. 오기노메 씨는 눈을 감으면서 질문에 대해 모두 깊이 끄덕였다. 이 영상은 기록되고 있어서 혹시라도 어떤 트러블이 생겼을 때 증거 영상으로 사용된다고 했다.

의사가 기구를 준비하는 동안, 사회자의 진행에 따라 훌륭한 가사를 입은 승려가 나타났다. 참석자들에게 한 번 절을 하고 나서 준비된 의자에 앉아 독경을 시작했다. 장례식과 달리 아직 건강하게 살아 있는 오기노메 씨의 앞에서 경을 읊기 시작하는 게 낯설게 느껴졌다. 침경(枕経)은 원래 이제 막 고인의 될 사람의 베갯머리에서 읊는 경으로서 사자가 불교도로서 무사히 극락왕생할 수 있게 기원하는 것이다.

그러나 요즈음 독경은 사후에 하는 것이 기본이고, 애초에 생략되는 일도 많다. 병실에서 당장이라도 숨을 거둘 것 같은 환자 앞에 스님을 데려가면 "죽으라는 얘기냐" 하고 싫어할 것 같기도 하다. 일본에서 정확히 침경(枕経)을 읊을 수 있는 것은 죽을 타이밍을 알고 있는 안락장과 사형의 경우일 것이다.

오기노메 씨의 팔에 점적주사 바늘을 꽂았다. 이 타이밍에는 아직 약물은 투여되지 않은 상태다. 의사가 공손하게 오기노메 씨에게 노란 버튼을 건넸다. 그 버튼을 누르면 점적주사의 관이 열리고 몸에 치사약(致死藥)이 들어가 퍼지는 구조라고 한다. 옆을 보니 히토나리는 심각한 표정을 하고 모니터를 응시하고 있었다. 나도 다시 식장의 상황으로 시선을 돌렸다.

오기노메 씨는 눈을 꽉 감았나 싶더니 노란 버튼을 눌렀다. 그 대로 잠들 듯이 숨을 거두는 건가 했는데 별안간 오기노메 씨가 고통스러운 거친 숨소리를 내기 시작했다. 알코올을 지나치게 섭취한 호스트바의 호스트가 구토하기 전에 내는 것 같은 곱지 않은 중저음이다. 승려의 독경 소리가 마치 그 소리를 숨기듯이 계속된다. 모니터 너머로는 세세한 부분까지 확인할 수 없었지만, 얼굴도 일그러져 있는 것 같았다. 아버지의 죽음이 생각나서 자리를 뜨고 싶어졌으나 꾹 참고 모니터를 계속 응시했다.

한순간, 히토나리의 손을 잡으려고 하다가 바로 손을 움츠렸다. 기분 탓인지 모르겠지만, 그의 얼굴에 미미한 웃음이 지나간 것처럼 보였기 때문이다. 오기노메 씨가 조용해진 것은 그로부터 몇 분 후였다.

"티오펜탈(Thiopental) 대신 저품질의 펜토바르비탈(Pentobarbital)을 사용했을지도 모르겠네요."

이 대기실로 안내해준 장례식장의 스태프가 와서 대수로울 것도 없는 일이라는 듯이 말했다. 약물에 의한 안락사는 통상 진통수면제인 티오펜탈, 호흡을 정지시키는 근이완제인 판쿠로늄(Pancuronium), 심정지를 위한 염화칼륨을 조합해서 실시하는 경우가 많다. 미국의 사형 집행에서 오랫동안 사용한 실적이 있고, 가장 평온하게 죽을 수 있게 하는 방식이라고 한다. 그러나 최근 안락사가 인기를 더하면서 티오펜탈의 공급이 부족해지자 대체품으로서 펜토바르비탈이나, 미다졸람(Midazolam)과 히드로모르폰(Hydromorphone) 등 복수의 진통제를 섞은 약품이 종종 사용되는데, 조합 비율을 제대로 맞추지 못하면 이번 같은 경우가 생긴다는 것이었다.

"이런 일이 자주 있나요?"

"돌아가시는 분이 고통을 겪는 일 말입니까? 정말이지 사람에 따라 제각각입니다. 저희 장례식장에서 안락장을 시작한 지 벌써 5년 정도가 되는데, 유족분들은 모두 만족스러워하십니다. 몇 분동안은 고통스러워하는 것으로 보일 수도 있지만, 법령은 준수하고 있고, 본인도 편안히 잠드시는 것으로 믿고 있습니다."

해설의 톤이 약간 변한 것은 히토나리의 손을 통하여 혹시라도 문제가 될 기사가 쓰일 가능성이 있다고 생각해서였을 것이다. 그러나 나로서는 그가 안락사의 마이너스 부분에 대해 좀 더 설명해줬으면 했다. 히토나리도 장시간에 걸친 고통 속에서 죽어가고 싶지는 않을 것이다.

"물론 오프 더 레코드로 할 테니까 사실대로 말해주셨으면 하는데요, 가장 고통스러워한 분은 어떤 모습이었습니까?"

"2017년의 데이터에 의하면, 안락사가 실패해서 본인이 죽을 수 없었던 케이스가 34건. 임종 때에 본인이 과대한 고통을 느꼈을 가능성이 있는 케이스가 72건. 이건 후생노동성에 신고가 있었던 것들만 집계한 숫자니까, 실제로는 실패 사례가 더 많을지도 몰라. 덧붙이자면 안락사가 실패해서 전신 불수가 된 케이스나 죽을 때까지 고통이 45분 이상 계속된 케이스도 7건 보고되었어. 후생노동성은 사고를 접수하고 특별위원회를 만들어 가이드라인을 책정하고 있지만, 작년에만 15만 1125명이 안락사를 선택했으니까, 사고를 제로로 만드는 것은 현실적으로 불가능하겠지."

스태프 대신 히토나리가 대답했다. 마치 자신이 전혀 동요하고 있지 않다는 것을 과시하기라도 하는 것처럼.

그러나 그가 마구 데이터를 늘어놓는 것은 마음이 동요하고 있거나 긴장을 하고 있을 때이다. 아까 그가 웃고 있는 것처럼 보였던 건, 어쩌면 긴장한 나머지 그랬던 건지도 모른다. 그 사실에 조금 마음이 놓여 모니터로 시선을 돌렸다.

독경이 계속되는 가운데 분향(焚香)이 시작되고 있었다. 정말로 안락사와 고별식이 세트로 진행되는 것을 보고 놀랐다. 친지였다가 갑자기 유족으로 처지가 바뀐 참석자들은 어떻게 거기에 맞춰 마음을 새롭게 하는 걸까. 답답하니 융통성 없어 보이는 우에무라 씨도 익숙하지 않은 손놀림으로 합장을 하고 있다.

그 후의 식은 순식간에 진행되었다. 오기노메 씨가 노란 버튼을 누르고 나서 30분. 벌써 사회자에 의해 '고별모임'의 종료가 선언되었다. 숨을 거둔 오기노메 씨와 의사, 장례식장 스태프를 남기고, 유족들은 삼삼오오 대기실로 흩어져 갔다.

안락사가 합법화된 지 얼마 안 됐을 때는 의사 외에 경찰과 감찰의(監察医)가 입회하여 사체를 확인하였다. 안락사는 자살방조이긴 하나 적법이라는 법리론을 채용한 합법화였기 때문에 그 집행이 적법하게 이루어지는지 엄격하게 관리해야 했기 때문이다. 그러나 안락사가 급증함에 따라 사후의 절차가 간소화되어 지금은 검증용 동영상만 남겨두면 의사와 장례식장 스태프의 사인만으로도 문제가 없게 됐다. 더구나 오기노메 씨 같이 적극적 안락사를 선택한 경우는 묘지매장법3조의 규정에서도 제외되는 모양이었다. 즉 의사가 입회한 안락사에서는 되살아날 것을 고려할 필요가 없다고 하는 논리로, 사후 즉시 화장이나 매장하는 것이 허용된다. 스태프에 의하면 오기노메 씨도 곧바로 화장될 것이라고 했다.

스태프가 눈치 빠르게 "화장하는 모습도 보고 가시겠습니까?"라고 물어왔지만, 히토나리가 뭔가 말하려고 하기 전에 내가 먼저 "됐습니다"라고 말을 잘랐다. 나 자신이 보고 싶지 않은 이유도 있었지만, 그것을 볼 때의 히토나리의 심정이 걱정됐기 때문이다.

아버지의 장례 때 문상 와준 만화가에게서 들은 이야기라서 요즈음의 화장에서는 달라졌을지 모르지만, 화장될 때 유체는 오징어처럼 몸부림치며 뒹구는 경우가 있다고 한다. 당시는 아직 화장로가 자동화되어 있지 않아서 관계자가 로 뒤편에 있는 작은 창을 통해서 긴 쇠막대기로 유체의 위치가 가지런히 유지되게 조정을 했었다. 불을 붙인 후 10분 정도면 나무로 된 관이 다 타버리고 유체가 드러나는데 이때 유체를 쇠막대로 잘 조정하지 않으면 균일하게 타지 않는다. 두개골이 타서 떨어져나가는 모습, 골수와 뇌가 타오르는 모습, 피부가 짓무르는 모습 등을 정확히 눈으로 확인하면서 조정을 해야 비로소 뼈의 형태를 잘 남길 수 있다. 소위 중2병이었던 나는 장례식장에 와준 만화가의 이야기를 흥미진진하게 들었었고, 지금도 그때 들은 이야기를 선명하게 기억한다. 그러나 그것을 실제로 볼 용기는, 지금의 나에게는 없었다.

돌아가려고 자리에서 일어섰을 때, 우에무라 씨가 방으로 들어왔다. 어쩐지 침울한 얼굴을 하고 있다. 그가 안락장을 본 감상을 묻자 히토나리는 의례적이고 무난한 대답만 했다. 우에무라 씨는 한숨을 쉰 뒤, 조금쯤 망설이는가 싶더니 오늘 진행된 안락장의 내부 사정을 이야기해줬다.

"고인의 명복을 빌며 향을 피우던 중에, 친척 아저씨랑 얘기를 했어요. 와코 숙모는 실제로는 죽고 싶었던 건 아니지 않은가 하고. 최근 10여 년 동안 딸이랑 사이가 안 좋아 많이 다퉜는데, 그러던 중 숙모가 죽어줄게 했더니, 딸이 잽싸게 장례를 주선해버린 거라고 하네요. 숙모는 숙모대로 노인성 황반변성으로 시력이 나빠지고 있었던 것도 걱정이었나 봐요. 하지만 무슨 일이 있더라도 절대로 딸한테 얹혀살고 싶지 않다고 했었어요. 그래서 원래는 재산을 다 써버릴 작정으로 호화로운 장례식을 할 생각이었는데, 딸이랑 변호사가 한통속이 돼서 적당히 얼버무려 재산을 최대한 쓰지 못하게 만든 게 아닌가 하더라고요."

우에무라 씨는 유족이 있는 대기실로 돌아갔다. 요코하마엔딩

사이트에서 화장(火葬)을 하는 방법에는 두 종류가 있는데, 그중 21만 엔짜리 플랜은 3시간 걸려서 정성껏 태워주기 때문에 뼈의 형태가 남기 쉽다고 한다. 오기노메 씨는 30분 만에 다 타는 통상 코스로 했다. 통상 코스에는 시민할인권도 사용할 수 있어서 5만 엔만 내면 되는 모양이었다. 만약 내가 화장을 하게 된다면 가능하면 단시간에 태워주면 좋겠다고 생각했다. '히토나리는 차분히 노릇노릇 코스랑, 초고속 코스 중에 어느 쪽이 좋아?' 도저히 그런 농담을 할 기분은 들지 않았다.

"있지 히토나리, 안락사, 생각했던 거랑 달랐지?"

그는 아무 대답도 없이 멍하니 창밖을 바라보았다. 그가 죽는 것에 대해 다시 생각해주면 좋겠다고 생각하다가, 그것만으로는 안 된다는 것을 깨달았다. 그가 죽으려고 생각하게 된 원인을 제거하지 않는 한, 아무 문제도 해결된 게 없는 거다. 그렇다면 뭘 어떻게 해야 하나, 하고 생각하면서, 가만히 그의 어깨에 손을 얹었다.

*

아침에 일어나니 히토나리는 없었다. 구글 캘린더에는 1박 2일 일정으로 일중(日中)영리더 서미트에 참가한다고 되어 있으니 지금쯤이면 상하이에 가 있을 시간이다. 인스타그램을 보니 벌써 홍차오 국제공항이다. 변함없이 무거워 보이는 앞머리 아래로 한 눈에도 알 수 있게 억지웃음을 짓고 있다.

미라이가 또 사료를 남긴 것을 보고 닭가슴살 스틱을 주었더니 입을 조금 댔다. "나도 뭔가 먹어야지" 하고 혼잣말을 하면서 오니시가 권해서 산 바이타믹스에 자몽과 생강, 아가베 시럽을 대충 집어넣고 스무디를 만들었다. 원래는 레몬을 넣으려고 한 건데 다 떨어지고 없었다. 잊어버리기 전에 사둬야지 하고 아마존 프레시에서 레몬을 찾아 카트에 넣는다.

인터폰이 울려서 모니터를 보니 야마토운수의 배달원이다. 배송되어온 골판지 상자 안에는 어제 주문한 자살과 안락사에 관한 책이 잔뜩 들어 있었다. 몇 권인가 훑어봤지만 참고가 될 이야기는 별로 없다. 예를 들어 어떤 책은 우울증이나 통합실조증, 경계성 인격장애 등 정신장애를 앓고 있는 사람은 자살률이 높다는 식으로 병이나 장애와 관련지어 자살을 얘기하고 있었다. 그러나 그러한 상태에 있는 환자는 많은 경우 안락사가 허락되지 않는다는 점에서 히토나리하고는 상관이 없을 것이다.

또 어떤 사회과학 연구서는 빈곤이나 공적 교육지출, 사회적 고립이 자살률과 깊은 관련이 있다고 지적한 다음, 특히 고용의 확보와 사회관계자본이 중요하다고 주장했다. 하지만 히토나리는 할 일이 끊임없이 들어오고 있고 매일 같이 사람들을 만난다.

그나마 참고가 될 만한 책은 정신과의사가 쓴 『만약 '죽고 싶다'는 말을 듣는다면』이라는 책이었다. 어떤 사람이 갑작스럽게 "죽고 싶다"라고 호소한다면, 그런데 그 사람이 정신장애에 걸린 징후가 없다면, 그건 과거의 심적 외상에서 기인할 경우가 있다고 그 책에는 씌어 있었다. 과거에 받은 신체적 폭행이나 성폭력 피해가 플래시백 되어 신체에 대해 강렬한 혐오를 품게 되고 그것이 자살충동을 불러일으킨다는 것이다. 30세 미만의 자살자에 대해 조사한 바에 의하면 자살자 중에는 부모와의 이별, 등교거부 경험, 따돌림 피해 등을 경험한 젊은이가 많았다고 한다.

생각해보면 히토나리는 어린 시절의 일을 별로 얘기하고 싶어 하지 않았다. 내가 알고 있는 것은 어머니가 이미 돌아가셨다는 것, 아버지와는 오랫동안 연락두절이라는 것뿐이다. 그러니까 히토나리가 과거에 그 어떤 트라우마를 경험했다고 해도 이상하지 않다.

갑자기 한 가지 생각이 미친 것은, 그가 유별나게 어두운 곳을 싫어한다는 것이었다. 나라에 갔을 때는 그저 시골을 혐오하는 것인가?라고도 생각했지만, 어두운 곳에서는 늘 내 손을 잡으려고 했다. 평소부터 스킨십을 좋아하는 남자라면 몰라도 그는 키스조차도 싫어하는 사람이다. 내 손을 잡는 것은 최소한의 애정

표현이라고 생각했었는데, 어쩌면 그게 아니라 어린 시절에 어둠 속에서 경험한 강렬한 부정적 경험 때문인지도 모른다. 그의 과거를 살펴보면 그가 갑작스럽게 안락사를 생각하게 된 이유가 뭔지 알 수 있지 않을까.

페이스북에 들어가 히토나리의 '모든 친구' 중에서 학생 시절의 친구를 찾아봤다. 친구로 등록된 725명을 하나하나 살펴본 결과, 히비야 고등학교 시절까지 거슬러 올라가는 친구를 몇 명쯤 발견할 수 있었고, 초등학교나 중학교까지 거슬러 올라가 보니 같은 반이었던 '친구'는 단 한 명이 있었다. 고라이 유스케. 들어본 적이 없는 이름이다. 페이스북에는 본인의 얼굴 사진 대신에 무슨 이유에선지 위인의 초상화 같은 것을 올려놓았다. 현재는 게이오 대학의 문학부 박사과정에서 철학 연구를 하고 있다고 되어 있다. 히토나리의 친구니까 어딘가 이상한 사람일지도 모르지만, 해를 끼치는 일 또한 없을 거라고 생각하여 메시지를 보내봤다.

처음 뵙겠습니다. 히토나리와 교제하고 있는 세토 아이(愛)라고 합니다. 그 사람에 대해서 듣고 싶은 것이 있어서 메시지를 보냅니다. 바쁘실 텐데 죄송합니다. 답장을 주시면 기쁘겠습니다.

되도록 사무적인 투로 쓴 셈인데, 보내기 버튼을 누른 후 보니 마치 바람피운 남자의 뒤를 캐기 위해 보낸 메시지처럼 보일 수도 있겠다는 생각이 들었다. 그러나 부끄러워할 틈도 없이 답장은 바로 왔다. 대학원생이란 그토록 한가한 걸까.

처음 뵙겠습니다. 고라이 유스케입니다. 히토나리와는 한동안 안 만났습니다다만, 제가 알고 있는 범위에서라면 말씀드릴 수 있을 것 같습니다. 낮에는 대개 미타(三田) 캠퍼스에 있고, 도쿄 시내라면 어디라도 괜찮습니다.

과연 히토나리의 친구답게 간결하고 이성적인 답장이었다. 더구나 직접 만나서 얘기해줄 모양이다. 철학과라고 하여 커뮤니케이션이 서툰 인물일 거라고 생각했는데 기우였던 모양이다. 몇 통인가 메시지를 주고받은 후 오늘 16시에 미타 캠퍼스 미나미(南)관의 카페에서 만나기로 약속했다.

인터넷에서 알게 된 남자와 바로 만나는 것은 틴더(Tinder)*에서라면 경험한 적이 있다. 그러나 이렇게 서로 정체를 밝힌 다음 만나기로 하니까 조금 색다른 기분이 들었다. 더구나 상대는 히토

---

\* 온라인 데이팅 앱

나리의 동창생이고 히토나리 본인은 해외출장 중이다. 뒤가 켕길 일은 아무것도 없을 텐데도, 왜 그런지 아주 조금쯤 히토나리에게 미안하고 찝찝한 마음이 된다.

만나기로 한 미나미관은 겉에서 보기에는 오피스 빌딩 같았지만 안에 들어가니 대학생이 많은 탓인지 무척 어수선한 느낌을 주는 곳이었다. 카페는 4층에 있었다. 엘리베이터로 4층까지 올라가 카페 앞에서 메시지를 보내니 맨 안쪽 창가 테이블에 앉아 있다고 답이 왔다.

고라이 유스케는 짐작했던 인상과는 전혀 달랐다. 기다란 얼굴에 긴 앞머리가 정확히 둘로 나뉘어 있고 무슨 이유에서인지 검은 마스크를 착용하고 있었다. 비주얼계* 록밴드의 밴드 맨 같은 모습이었다. 그는 내 쪽을 보더니 기어들어 가는 작은 목소리로 "고라이입니다"라고 자기 이름을 말했다. 극도로 낯을 가리는 사람인가 싶었지만, 그렇다면 직접 만나자고 제안해오지도 않았을 것이다. 타인과 거리를 두는 방법이 독특한 거겠지. 그래서 나도 사양하지 않고, 대뜸 본론으로 들어갔다.

"단도직입적으로 말할게요. 실은 그 사람이 안락사를 생각하고

---

\* 일본의 록밴드 및 뮤지션의 양식의 하나. 특정 음악 장르가 아니라, 화장이나 패션 등의 시각 표현을 사용하여 세계관과 양식미를 추구한다.

있다고 내게 말했어요. 이유를 물었지만, 자신의 시절은 끝났다든가 최고의 타이밍에 죽고 싶다든가, 하는 이해할 수 없는 말만 해요. 혹시라도 그의 과거에 뭔가 그런 생각을 하게 만든 원인이 있는 것은 아닌가 싶어서, 그 이야기를 들으러 온 겁니다."

그는 내 얘기를 듣고 있는 동안에도 천장을 올려다보거나 코를 긁거나 손에 든 파나소닉 렛츠노트(Let's note)를 두드리거나, 아무튼 뭔가 안정되지 않은 모습을 보였다. 하지만 내가 얘기를 끝내자마자 곧바로 앞에 놓고 있던 노트북을 돌려서 스크린을 보여 줬다. 『어느 옛 친구에게 보내는 편지』라는 제목의 텍스트였다.

"세토 씨의 이야기를 듣고, 아쿠타가와 류노스케를 떠올렸습니다. 아쿠타가와는 이 수기에서 자살자 자신의 심리를 있는 그대로 쓰겠다고 선언하고는, 죽는 방법이나 죽을 장소에 대해서만 기술하고, 자살하는 이유의 핵심에 대해서는 전혀 언급하지 않습니다. 대신 사는 것의 무의미함에 대해서는 상세하게 서술하고 있습니다. 히토나리도 마찬가지 아닐까요?"

그는 초면인 내 앞에서 히토나리를 '히토나리'라고 그냥 이름으로만 불렀다. 그의 목소리는 아주 작고, 그리고 온화했다. 겉보기에는 젊은 밴드 맨 그 자체인데, 말투는 죽을 때가 다 된 나이든 철학자 같다.

"사는 것이 무의미하다고 해서, 사람이 죽나요?"

"대수롭지 않은 계기로도 사람은 얼마든지 죽을 수 있습니다. 철학을 공부하는 사람이 이렇게 말하면 이상하게 들릴지 모르겠지만 인문학은 자살이라는 것에 대해서 지나치게 깊은 의미를 찾으려 하는 경향이 있습니다. 하지만 실제로는 예를 들어 단지 허리가 아파서 자살한다는 사람도 많거든요."

고라이는 뒤르켐의 『자살론』에서 시작되는 자살에 대한 강의를 시작하려 했지만, 그에게 듣고 싶었던 것은 그런 말이 아니다.

"히토나리의 어린 시절에 대해서 가르쳐주지 않으실래요?"

"아마 기대하는 이야기는 듣지 못할 겁니다. 세토 씨는 히토나리가 죽음을 생각하는 이유를 유소년기의 트라우마에서 찾아보려고 하는 거지요? 그러나 내가 아는 한, 그는 결코 불행하지 않았어요. 아시겠지만, 그는 친척집에서 자랐습니다. 그러나 그 집은 교육열이 높고 히토나리를 친자식처럼 예뻐했어요. 적어도 내 눈에는 그렇게 보였습니다. 학교에서 그는 항상 책을 읽고 있었습니다. 우리는 독서 친구였어요. 제대로 이해도 못하는 『선의 연구』나 『방법서설』을 읽고 마주앉아 감상을 이야기하곤 했습니다. 우리는 어쩌면 서로에게 유일한 친구였고, 학급 안에서는 고립되어 있었을지도 모르지만, 불만 같은 건 전혀 없었습니다. 따돌림을 당하지도 않았고요."

본 적은 없었지만 그 광경이 머릿속에 어렵지 않게 떠올랐다.

방과 후의 교실에서 히토나리와 고라이는 인생에서 처음 만났을 '말이 통하는 사람'을 향해서 말을 건다. 나란 무엇인가. 자아란 무엇인가. 세계란 무엇인가. 나는 수십 분 전에 처음 만난 고라이가 옛날부터 알고 지낸 친구처럼 느껴지기 시작했다.

"저기 고라이 씨, 괜찮으면 히토나리를 만나주지 않을래요? 그리고, 죽는 것에 대해 생각을 바꾸도록 설득해주지 않을래요?"

그는 천천히 검은 마스크를 벗더니, 주머니에서 아로마 스틱을 꺼냈다. 그것을 립크림 대신 입술에 바르고는 혀로 핥았다. 내 코에도 편백나무 향이 아주 조금 날아왔다. 고라이는 그대로 30초쯤 나를 쳐다봤다. 시선을 돌릴 수도 없어서 마스크를 벗은 그의 얼굴을 응시했다. 하지만 그리로 향한 건 시선뿐, 신경은 온통 이 카페의 북적거리는 소리로만 향하고 있었다. 오늘 5교시 땡땡이 쳐도 되지? 경제원론 요약 빌려줄 수 있어? 사귄 지 8년이 넘어서 하는 결혼이라 울어버렸어. 9시부터 계산대 아르바이트 해야 돼. 〈언내추럴〉*의 주제가 누가 불렀더라?

"나는 도움이 안 될 겁니다."

고라이는 주위의 소란스러움을 셧아웃 하듯이 의연히 말하기 시작했다.

---

*　일본에서 2018년 방영된 텔레비전 드라마

"인기인이 되고 난 뒤의 히토나리에 대해서는 잘 모르지만, 만약에 그가 옛날과 다름없다면, 그는 겉으로는 합리적이고 이성적으로 보이지만 실은 직감과 오감에 좌우되는 친구예요. 급식 때는 가리는 음식이 많아서 선생님을 힘들게 했고 교실에서 키우던 누에는 무슨 일이 있어도 못 만졌고 버스 타고 소풍갈 때는 창가가 아니면 싫어했고."

그 말을 듣다가 히토나리가 억지로 피망과 새송이버섯을 삼키던 모습이 생각나서 몰래 웃었다.

"형이상학적으로 세계를 파악하려다 실패한 나와 달리, 그는 현실세계를 정확히 보면서 살고 있어요. 그러니까 만약에 안 죽기로 마음을 바꾼다고 해도 그건 나 같은 옛 친구의 설득에 의해서 될 일이 아니죠."

고라이는 성가신 일을 하고 싶지 않아서 그렇게 말하는 것 같지는 않았다. 그건 진지하게 생각한 결과, 자신이 나설 자리가 아니라고 말하는 거였다. 받아들일 수밖에 없다.

"솔직히, 죽는 게 뭐가 나쁜 건지 잘 모르겠습니다. 게다가 히토나리가 죽어도 나는 그가 남긴 책하고 대화를 할 수 있죠, 머릿속에서 상상 속의 그와 몇 시간이든 토론을 할 수 있어요. 실제로 그가 매일 대화 상대로 삼고 있는 것도 몇백 년이나 전에 죽은 철학자들이니까요."

그의 말을 들으면서 그의 노트북 스크린의 글자를 쫓아가던 중 "나는 다른 사람들보다 더 많이 보고, 사랑하고, 동시에 또한 이해했다"라는 한 문장이 눈에 들어왔다. 아쿠타가와는 '이해'했으므로 죽음을 선택했다는 걸까. 그가 목숨을 끊은 것도 쇼와라는 새로운 시대가 시작되고 반년여가 지난 어느 여름날이었다고 한다.

*

도쿄의 하늘은 아침부터 애매모호한 색깔의 구름에 덮여 있었다. 꽃 흐림(花曇り). 이 계절의 구름 덮인 하늘을 그렇게 부른다는 것을 안 것은 다와라 마치(俵万智)의 에세이에서였다. 중학생 때 읽은 『국어』교과서였을 거다. 새로이 교과를 담당할 선생님과 학생이 처음 만나는 수업 시간에 읽기 좋은 짧은 글이었다. 하지만 아직 벚꽃이 핀 것은 아니니 오늘의 하늘은 꽃 흐림(花曇り)이라고 하기는 그런가?

"있지 구글, 오늘 날씨는?"

"오늘의 미나토구의 날씨는 흐림, 최고기온은 12도, 최저기온은 3도입니다."

칼리타 커피 워머에 놓여 있는 데칸터를 들어서 호지차를 머그

컵에 따른다. 미라이에게 사료를 줘야지, 하다가, 아, 하고 이틀 전에 사노동물클리닉에 입원시켰다는 사실을 기억해낸다. 미라이가 드디어 사료를 거의 입에 대지 않게 되었다. 단골 병원으로 데려가니 중한 신부전일 가능성이 있다고 했다. 치료가 될지 어떨지는 알 수 없지만 복합 전해질수액을 주사하면 회복하는 경우가 있다고 해서 입원시켰다. 내일까지 입원할 예정이다. 생각하고 싶지도 않은 일이지만 히토나리와 미라이를 동시에 잃어버릴지도 모른다는 생각이 들면서 가슴이 서늘해졌다.

이제 슬슬 깨울 시간이 됐다, 하고 생각했는데 히토나리는 10시 정각이 되자 혼자 일어났다. 파자마 대신 작년에 산 아미 추리닝 상의에 UGG 플리스 바지, 거기에 발이 차서인지 젤라토 피케의 흰 양말을 신고 있다.

"있지 아이(愛), 오늘 일정은?"

"12시에 기미쓰(君津)에 가기로 했으니까 여유 있게 10시 반 정도에는 집을 나서는 게 좋겠어."

히토나리는 잠자코 끄덕이더니 천천히 양말을 벗어서 브라반티아 쓰레기통에 던졌다. 침대에 더러운 양말을 신은 채로 들어오는 거, 싫다고 말한 뒤로 그는 양말을 한 번 신고 버리게 됐다. '그러라는 게 아니야'라고 나무라려고 했지만, 말하기가 귀찮아서 하고 싶은 대로 하게 놔두고 있는 참이다. 그는 입고 있던 추리닝을 벗고 거실 소파에 놔둔 흰 와이셔츠로 손을 뻗었다.

"있지 히토나리, 오늘은 상복이 아니라도 괜찮아."

오늘 '취재' 갈 곳은 내가 알아낸 안락사 시설이다. 중국의 템페스트가 출자하고 나코히 등의 일본 기업이 콘텐츠를 제공하는 형태로 참가하고 있는 기미쓰(君津) 판타지 캐슬이란 곳이다. 언뜻 들으면 유원지 이름 같지만 어엿한 안락사 시설이다. 일반에 공개하는 것은 아직 먼 훗날이겠지만, 매사에 민첩한 겐키 군으로부터 그곳, 판타지 캐슬에 대한 이야기를 전해 들었다.

그는 최근 중국과의 사업을 늘리고 있었는데 마침 템페스트의 간부로부터 새로운 엔터테인먼트형 안락사 시설이 곧 완성된다며 초대를 받았다는 것이다. 그가 "초대는 받았는데 그로테스크해서 영 아니었어. 그건 아니지"라고 말하는 것을 듣고, 나는 그 자리에서 히토나리를 판타지 캐슬에 데려가기로 마음먹었다. 오기노메 씨의 안락장을 보고 조금은 동요한 것 같았던 그다. 잘만 하면 이번 '취재'를 통해 안락사에 대한 그의 생각을 바꿀 수도 있을 것이다.

"아이(愛), 미라이는 괜찮을까?"

"어제저녁, 병원에 갔을 때는 색색 자고 있었어. 오늘도 판타지 캐슬 취재가 끝나면 병문안 갈 생각이야."

"나도 가도 될까?"

"물론이지. 미라이는 히토나리를 많이 좋아하잖아."

우버로 요청한 렉서스는 시바(芝)공원에서 수도(首都)고속으로 들어가 하네다 공항과 가와사키(川崎)를 경유하여 도쿄만 아쿠아라인을 쾌속으로 질주하여 갔다. 양쪽이 하얀 타일처럼 된 터널을 지나는 동안 정기적으로 밝은 라이트가 스쳐 지나간다. 후지테레비에 갈 때 항상 지나가는 해저터널에 비해서 꽤나 밝다는 생각이 들었다.

"있지 히토나리, 요전번에 오기노메 씨 안락장 있었잖아. 화장 장면을 마지막까지 다 보고 싶었어?"

"아니야. 솔직히 말하자면, 아이(愛)가 거절해줘서 마음이 놓였었어. 나는 뭐든 내 눈으로 직접 봐야 직성이 풀리는 성격이지만, 그때는 좀 마음이 불편했었어. 그렇게 가족의 압력을 받아 죽어가는 경우도 있구나 하고 알게 돼서. 안락사 반대파의 주장을 읽으면서 그런 사례가 있을 수도 있다고 생각은 했지만, 그렇게까지 노골적인 일이 2018년이 된 지금에도 일어나고 있을 줄은 몰랐어."

안락장을 견학하고 온 후부터 히토나리는 조금 기운이 없다. 텔레비전에서 발언을 할 때도, 집에 있을 때도, 어딘가 자신감이 없어진 것처럼 느껴졌다.

그 사실을 나 말고 얼마만큼의 사람들이 눈치챘는지는 알 수 없지만, 어미를 애매모호하게 발음하는 일이 늘어난 것 같았다. 어쨌든 그렇게 해서 히토나리가 안락사를 포기하면 좋겠다는 생각이 듦과 동시에, 눈에 띄게 기운을 잃은 그가 걱정이 되기도 했다. 그래도 스스로 나약한 소리를 해준 사실에 안심한다.

"남자는 불에 태워질 때, 불이 들어오면 바로 거기가 발기한대. 그래서 거기서부터 타서 없어진다는 거야. 유방이 큰 여자는 표피가 미끄덩하고 단숨에 벗겨진대."

"그럼, 아이(愛)는 괜찮겠네."

그렇게 말하고 히토나리는 내 가슴을 가볍게 만졌다. 만약에 우리가 보통의 커플이었다면 이렇게 서로 장난치는 것은 대수롭지도 않은 광경이었을 것이다. 우버 운전기사도 아무것도 안 본 척해주고 있었다. 그래도 나로서는 그건 처음 보는 히토나리의 모습이었다. "하지 마" 하면서 뺨을 뿌루퉁해 보였으나, 정말은 기뻐서 참을 수 없었다. 이런 '보통의 연인' 같은 행위를 그와 나눌 수 있다니.

여자는 불안할 때 바깥의 남자와 불륜을 저지르는 동물이라면, 남자는 불안할 때 같이 지내는 여자를 소중히 대하게 되는 건지도 모른다. 어쩌면 이제부터 우리는 드디어 '보통의 연인'이 될 수 있을지도 몰라. 그렇게 생각하면서 히토나리의 손을 잡은 순간, 렉서스가 터널을 벗어났다.

유바리시(夕張市)에 이어 재정재건단체로 지정될 가능성이 있다는 소문이 돌고 있는 치바현(千葉県) 기미쓰시에서는 시의 운명을 걸고 판타지 캐슬을 유치하기로 한 모양이었다. 기사라즈 가네다(木更津金田) 인터체인지를 내려와 렉서스가 국도를 달리기 시작할 무렵, 나에게 전화가 왔다.

동물병원에서다. 불길한 예감이 들어 기도하는 마음으로 응답 버튼을 눌렀다.

최악의 예상만큼은 비켜 갔다.

수의사는 미라이의 용태가 급변했다고 전했다. 당장 생명이 위험하지는 않을 수도 있지만, 만약을 위해 연락했다고 했다. 나의 심상치 않은 표정을 알아차렸는지, 히토나리가 손을 꼭 잡아준다. 그리고 우버 앱에 신주쿠의 사노동물클리닉 주소를 입력하기 시작했다.

"기사님, 목적지를 변경하겠습니다. 일단 세워주겠습니까?"

"괜찮아, 히토나리. 병원은 나 혼자 갔다 올게. 넌 가서 판타지 캐슬을 취재하고 와. 억지로 요구해서 밀어 넣은 거니까."

잠시지만, 같이 병원에 가서 미라이의 죽음을 대면한다면 그가 안락사에 대한 생각을 바꿀지도 모른다는, 지독하게 냉정한 상상이 마음을 스쳤다. 하지만 무슨 일이 있어도 미라이를 다른 목적을 위해 이용해서는 안 된다는 마음이 결국 이겨서, 병원에는 나

혼자 가기로 했다. 그도 10초쯤 고민하는 기색을 보였으나 비교적 담담히 그런다고 했다.

"알았어."

그렇게 말하고 그는 그 자리에서 렉서스에서 내렸다. 자신은 이 장소에서 택시를 다시 부를 테니까, 나는 타고 온 우버를 돌려서 병원까지 가라고 했다. 흐린 하늘 탓에 그렇게 보인 건지도 모르지만, 히토나리의 얼굴은 당장이라도 울 것 같아 보였다.

미라이(未来)란 이름은 아버지가 살아 있을 때 붙여준 이름이다. "이 아이는 21세기를 살아갈 거니까"라고, 마치 진짜 아들이라도 생긴 것처럼 작명의 변을 이야기했었다. 늘 미래를 무대로 한 작품을 그렸던 아버지는 자신이 21세기를 맞이하지 못하리란 것을 어렴풋이 알고 있었는지도 모른다.

아버지가 떠나고 나서 갑자기 일이 바빠진 어머니는 집을 비우는 때가 많아졌다. 외동딸이었던 나에게 미라이는 가장 가까운 가족이 되었다. 그리고 히토나리와 살기 시작하면서 미라이는 우리 둘 사이의 아이 같은 존재가 됐다.

동물클리닉에 도착하여 곧장 미라이 곁으로 달려갔다. 미라이는 케이지 안에서 고통스럽게 호흡하고 있었는데, 내 모습을 알아차리더니 휘청거리면서 다가왔다.

아버지가 살아생전부터 신세를 져온 수의사는 피하주사로 바꿔서 집에서 돌보는 게 좋을 것 같다고 말했다. 제대로 된 조치를 취하면 병의 진행을 늦출 수 있고 고통도 완화할 수 있다고 했다. 하지만 그건 실제로는 집에서 마지막을 지켜주라고 하는 말이었다.

나는 수의사가 말한 대로 미라이를 데리고 집으로 돌아가기로 했다. 피하점적주사란 말 그대로 수액 백에서 뻗어 나온 관에 바늘을 달아서 고양이의 체내로 약을 주입하는 치료법이다. 수의사가 실연을 해보인 후 나도 순서에 따라서 연습을 해본다. 그러나 실제로 미라이에게 바늘을 찌르는 단계가 되자 그만 울음이 복받쳐 오르고 말았다. 미라이는 얌전히 앉아 있어 주는데도 아무리 해도 손끝이 떨려서 바늘이 몸 안으로 잘 들어가지 않았다. 다시 각오하고 알코올로 소독한 견갑골 아래를 목표로 수의사가 말한 대로 비스듬히 45도로 바늘을 찔렀다. 미라이의 피부는 상상 이상으로 단단하여 드득 하는 감촉이 느껴졌다. 이런 일을 하루에도 몇 번이나 해야 한다는 건가, 하고 생각하니 마음이 더 울적해졌다. 미라이와는 1초라도 더 오래 함께 있어 주고 싶다. 일주일 분의 수액과 점적 키트를 받아서 집으로 돌아왔다.

거실에서 이동장의 문을 열자, 미라이는 느릿느릿하면서도 정확한 동작으로 자신의 잠자리를 향해 걸어갔다. 점적주사의 효과일까, 입원 전보다는 조금 기운을 찾은 것 같기도 했다.

고양이는 원래 죽을 때가 되면 키워준 주인 앞에서 자취를 감춘다고 하는데, 계속 실내에서만 키워온 미라이는 집 밖으로 나간다는 생각은 할 수 없을 것이다. 미라이는 자신의 잠자리에 다다르자, 어째선지 쿠션 위가 아니라 그 옆 바닥 위에 벌렁 몸을 누였다.

　오늘은 판타지 캐슬 견학이 있어 온종일 일정을 비워 두었었다. 방에서 맥북을 가지고 나와 거실에서 일 처리를 하기로 했다. 지금쯤 히토나리는 얼마나 그로테스크한 광경을 보고 있을까. 겐키 군과 마찬가지로 침울해져 있을까. 키보드에 손을 올려놓긴 했으나, 히토나리와 미라이가 걱정돼서 일이 조금도 진척되지 않았다. 마구 목이 말라서 물만 마셔댔다. 냉장고에 세 병째의 크리스털 가이저를 가지러 갔을 때에 히토나리가 문을 열고 들어왔다.

　"기미쓰시, 우버는 물론, 전국택시도 쓸 수 없어서 고생했어."

　히토나리는 집에 들어오자마자 입고 있던 오프 화이트 코트를 바닥에 내던졌다. 더 침울해진 표정을 하고 있으려나 했는데 의외로 활기 있어 보였다. 판타지 캐슬에서 받았다는 대량의 자료와, 템페스트가 관여한 작품의 영상이 담긴 블루레이가 든 봉지를 손에 들고 있었다. 그는 그 봉지를 테이블 위에 아무렇게나 던져 놓더니, 미라이 곁으로 달려갔다. 미라이도 히토나리가 온 걸 알고 일어나서 그의 발치에 얼굴을 비볐다.

"퇴원할 수 있게 된 거야?"

"병원에 있어도 그닥 좋아지지 않을 것 같아서. 내가 직접 점적 주사를 놔줘야 해. 하루에 두 번."

히토나리는 웅크리고 앉아 미라이를 끌어안았다. 미라이는 기뻤는지 히토나리의 얼굴을 핥았다. 히토나리는 한순간 놀란 듯했으나 미라이가 하고 싶은 대로 하게 놔뒀다. 적어도 내가 얼굴을 핥았을 때만큼 저항하는 것 같지는 않다.

"아이(愛), 판타지 캐슬은 굉장한 곳이었어. 죽음과 엔터테인먼트가 이런 식으로 융합할 수 있구나, 하고 눈이 번쩍 뜨이더라. 동화 속 세계에 등장하는 것 같은 성 안에서 친구와 가족에게 배웅을 받으면서 파티를 여는 것처럼 죽어갈 수 있어. 요전번의 안락장하고는 전혀 다르더라고."

히토나리는 마루를 깐 바닥에 주저앉아 무릎 위에 미라이를 올려놓았다. 미라이도 그게 싫지 않은지 기쁜 듯이 몸을 둥글게 말았다. 그는 미라이의 등을 부드럽게 쓰다듬으면서 판타지 캐슬에 대해 신이 나서 이야기를 계속했다.

"접수를 마치면 전면에 8K 모니터가 설치된 거대한 파티 공간으로 안내가 돼. 분위기는 롯폰기의 파티 온(Party on)*을 그대로 옮

---

* 클럽과 쇼클럽을 융합시킨 공간으로 파티가 아침까지 계속된다는 콘셉트

겨놓은 것 같았어. 거기서 최후의 이별을 마치면, 천장이 높은 회
랑(回廊)을 걸어가는 거야. CG로 재현된 밤하늘에 추억의 사진
이나 영상을 흐르게 할 수 있어. 회랑은 오다이바의 팀랩 보더리
스(Epson teamLab Borderless)*나 나가사키의 아일랜드 루미나(ISLAND
LUMINA)** 같은 느낌. 회랑을 벗어나면 거대한 강이 눈앞에 나타
나. CG랑 조합되어 있는 것일 테지만, 과연 중국 자본이야. 거기서
유선형의 포트형(型) 배를 타고 VR고글을 써. 큰돈을 들여 만든
유명 크리에이터의 걸작 영상을 보고 있는 사이에 액체질소가 충
만해져서 기분 좋게 죽어가는 거야. 그야말로 거의 SF의 세계지."

　히토나리의 입에서는 마치 말이 미끄러지듯이 술술 흘러나
왔다. 겐키 군이 말한 '그로테스크'란 건, 판타지 캐슬이 너무나
도 매력적인 곳이었다는 뜻이었을까.

　"그대로 강 건너로 가고 싶었어?"

　"아아니. 글쎄 오늘 일어난 일을 아이(愛)에게 전하고 싶었고,
미라이도 봐두고 싶었으니까."

　그는 사랑스러운 눈길로 미라이를 응시했다. 바보같이 미라이
에게 질투를 느낄 뻔할 정도로 다정한 표정이었다. 마침 17시가

---

*　　디지털 아트 뮤지엄
**　체험형 멀티미디어 나이트 워크 어트랙션

된 모양이다. 모닝 플러스(mornin' plus)*가 차광 커튼을 열고, 석양이 방으로 들이비친다.

"슬슬 점적주사 놓을 시간이야. 혼자 하는 건 처음이니까 잘할 수 있을지 모르겠지만, 미라이를 좀 붙잡아 줄래?"

"내가 대신 할까? 아이(愛)보다 잘할 텐데."

히토나리는 손에 들고 있는 아이폰으로 피하점적 방법을 검색하더니 솜씨 좋게 수액 백을 세트해서 전용 훅에 매달았다.

미라이의 등을 누르더니 방금 알코올을 묻힌 솜으로 소독을 하고 눈 깜짝할 사이 등에 바늘을 찔렀다. 수액을 주사하는 시간은 대략 10분이 안 된다고 들었는데, 미라이는 그사이에 계속 히토나리의 팔 안에 안겨서 얌전히 있었다.

"의외로 잘하지? 죽으려고 생각하고 주사 연습을 한 적이 있거든."

"일본은, 집에서 안락사를 할 수 있는 키트까지 팔아?"

"물론 농담이야."

메마른 웃음소리가 거실에 울렸다. 죽어가는 고양이와, 죽으려 하는 남자와, 그들을 걱정하는 여자. 아무리 생각해도 내가 가장 정상적인 상태에 있는 것일 텐데도, 문득 불안해진다.

---

\* 스마트폰 연동형 커튼 자동 개폐기

"판타지 캐슬, 그런 굉장한 시설이라면 굉장히 비싸겠네?"

"안락사를 지켜보는 게스트는 기념 블루레이라든가 기타 옵션을 어떻게 선택하느냐에 따라서 입장료를 내지만, 안락사를 하는 본인은 무료래. 그렇게 해서 꾸려나갈 수 있나 걱정스러워졌는데, 머지않아 개정될 장기이식법을 내다보고 그렇게 정한 모양이야. 법 개정이 실현되면 안락사한 사람의 장기를, 원칙적으로 제3자에게 이식할 수 있게 돼. 장기 제공을 기다리는 내국인의 요청에 답하는 것은 물론, 정부는 인바운드 수요도 시야에 넣고 법을 개정하려는 것 같아. 의료투어리즘의 하나로서 외국인이 일본에 와서 이식 수술을 받는 케이스를 늘리고 싶은 거야. 이렇게 되면 장기가 금전으로 매매되는 것도 시간문제다, 하고 판타지 캐슬은 내다보고 있는 거겠지.

더구나 템페스트는 일본에서 영화 작품과 스마트폰 게임을 속속 발표하고 있잖아. 그런데 그런 작품들의 숨은 테마가 전부 환생이래. 결국은 야쿠자 같은 짓을 하고 싶은 거야. 게임이나 애니메이션을 즐기다가 한껏 빚을 지게 하고 그것을 장기매매로 갚게 하는 거지. 마치 〈최후의 수호자(Solent Green)〉*의 현대판이지."

---

\* 1973년에 제작된 대표적인 디스토피아 영화로 인구 폭발과 자원 고갈로 암울해진 미래 사회를 그렸다.

히토나리가 빠른 말투로 장기매매에 대해서 이야기하는 동안에 수액 백이 텅 비었다. 히토나리는 소독면을 대면서 바늘을 뺐다. 다시 사용할 수액 세트와 의료폐기물을 분리하기까지, 히토나리의 솜씨는 완벽했다. 미라이는 바닥에 누워서 우리의 모습을 바라보고 있었다.

"정말 그런 SF 같은 일이 가능할까?"

"금전으로 거래되는 장기매매가 정말로 실현될지 어떨지에 달려 있겠지. 더 이상 필요 없어진 장기를 필요한 사람에게 이어받게 하는 것은 무척 합리적인 발상이라고 생각해. 적어도 나는 찬성이야. 아이(愛)도 꼭 견학 가서 보고 오는 게 좋을걸. 세토프로에서도 비슷한 시설을 만들지 그래. 쇼가쿠칸이나 도호라면 출자해주겠지."

"그럼 그 프로듀스를 히토나리가 해줄래?"

히토나리가 무엇인가 대답하려고 한 순간, 갑자기 미라이가 이상한 신음 소리를 냈다. 보니까 호흡이 빨라지고 몸도 떨고 있다. 피하점적의 순서는 적절했을 것이다. 수의사에게 전화를 했더니 병원에 와도 할 수 있는 일은 별로 없다고 했다. 그리고 우리의 책임을 면해주기 위해선지, 점적주사로 몸 상태가 나빠진 것이 아니라, 체력의 한계에 와 있기 때문일 거라고 덧붙였다.

히토나리는 부드럽게 미라이를 쓰다듬었다. 미라이는 괴로운 듯이 계속해서 몸을 비틀고 있었지만, 우리와 눈이 마주치자 그 순간만큼은 얼굴을 펴는 것 같았다. 그 후, 미라이의 상태는 일진일퇴였다. 일어나서 물을 마시려고 하거나 잠자리까지 돌아가서 눕기를 반복했고 그때마다 히토나리와 내가 미라이를 거들었다. 이럭저럭하는 동안에 날짜가 바뀌어 시간은 새벽 1시가 지났다.

"아이(愛)는 먼저 자는 게 어때? 나는 어차피 지금부터 오늘 밤까지 하루 종일 잡혀 있는 일정이 없으니까, 내가 미라이를 돌볼게."

구글에 의하면 오늘 나는 아버지 고향인 가고시마에 개관한 박물관 기념식에 출석해야 한다. 아침 6시 25분 비행기로 하네다를 떠나 다시 도쿄로 돌아올 수 있는 것은 17시 55분이다. 어쩌면 돌아오는 비행기는 앞당길 수 있을지도 모르지만, 팸플릿에는 내 이름도 새겨놓았을 거라서 마음대로 취소할 수는 없었다. 미라이를 보니 상태가 조금은 안정된 것 같아서 히토나리의 말을 믿고 눈을 붙이기로 했다.

5시 반에 일어나서 거실로 나가니, 히토나리가 미라이를 끌어안은 채 잠들어 있었다. 미라이도 기분 좋은 듯이 몸을 둥글게 말고 있었다. 미라이는 어쩌면 이대로 회복될지도 모른다. 그런 엷은 기대를 품으면서 카시웨어 담요를 히토나리에게 덮어줬다.

하네다 공항을 떠난 일본항공은 예정보다도 일찍 가고시마 공항에 도착했다. 스태프가 불러준 콜택시를 타고 시내의 박물관으로 향했다. 9시에 시작한 회의에서 경영보고를 받고 있는 동안, 히토나리에게서 시간 잘 지켜서 피하점적을 했다고 하는 라인이 들어와 있었다. 미라이는 아직 소강상태를 유지하고 있다고 했다. 박물관 개관 5주년을 기념하는 행사는 〈부부냐냐〉에서 성우를 맡아주고 있는 여자 성우 치아키, 남자 성우 유 등과 함께하는 토크쇼, 그리고 어나더비전(AnotherVision)이 감수해준 수수께끼 풀기 이벤트 등이 이어지면서 크게 성황을 이뤘다.

그러나 히토나리로부터는 11시에 미라이가 잘 있다는 라인이 있고 난 뒤로, 더 이상 연락이 오지 않았다. 미라이에 대한 걱정이 머릿속에서 떠나지 않던 나는 행사가 끝나자마자 공항으로 달려가서, 15시 40분 솔라시드 에어에 빈자리가 있는 것을 확인하고 거기 뛰어올랐다. 기내에서 와이파이가 접속되지 않아 안절부절못하다가 17시 조금 지나 하네다에 도착하여 보딩브리지를 빠져나왔다. 바로 히토나리에게 전화를 했지만 역시 아무 응답이 없었다. 몇 번이나 보내고 있는 라인도 전혀 읽고 있지 않았다.

공항에서 택시에 뛰어올라 집을 향해 달려갔다. 히토나리가 전화나 라인을 확인할 여유도 없이 필사적으로 미라이를 간호하고 있는 모습이 눈에 보이는 것 같았다. 어떻게든 내가 집에 돌아갈 때까지 아프지 말고 있으렴. 아니, 어쩌면 미라이가 완전히 기운을 되찾아서 그에 안심한 히토나리가 잠에 곯아떨어져 있는 것일지도 몰라, 하는 낙관적인 바람도 가슴을 스쳐 지나갔다. 불안과 희망이 교대로 오가는 사이에, 어느덧 택시는 맨션의 정차 구역에 도착했다.

하필이면 이럴 때 큰 밴이 이상한 장소에 주차되어 있었던 탓에, 로터리를 크게 돌아야 했다. 그러더니 이번에는 엘리베이터도 좀처럼 내려오지 않아 사람을 안절부절못하게 했다. 히토나리에게는 여전히 전화가 연결되지 않았다. 드디어 엘리베이터에 올라타서 39층까지 올라가는 사이에 미라이와 함께 만든 추억의 여러 장면이 머릿속을 스쳐 갔다. 미라이가 처음 집에 온 날, 아버지 작업장을 엉망으로 만들었던 날, 꾀병을 부리고 학교를 조퇴하고 같이 낮잠을 자던 날. 내 인생의 반 이상에 미라이가 존재했다. 엘리베이터가 열렸고 나는 집을 향해 전력 질주하다시피 하며 복도를 달렸다. 현관에서 카드키를 대고 문을 열었다. 그리고 거실로 뛰어들어 갔다.

하지만 거기에 히토나리와 미라이의 모습은 없었다.

아침에 히토나리가 누워 있던 위치에 담요와 입고 있던 비즈빔 추리닝 셔츠가 아무렇게나 내던져져 있을 뿐이었다. 혹시 몰라서 욕실과 다른 방을 찾아봤지만, 둘의 모습은 보이지 않았다. 미라이가 급격히 상태가 안 좋아져서 동물병원으로 달려갔을까. 왜 그 생각을 지금까지 못 했지 하고 후회하면서 동물클리닉에 연락했다. 그러나 히토나리와 미라이는 오지 않았고 문의 전화도 없었다고 했다. 어쩌면 여기서 차로 30분이나 걸리는 클리닉이 아니라 근처 동물병원으로 달려간 걸까. 구글 맵에 나와 있는 동물병원에 닥치는 대로 전화를 걸려고 하는 그때, 현관문이 열리는 소리가 났다.

히토나리였다. 마르지엘라 추리닝 상의에 데님을 입은 러프한 차림. 얼굴이 무척 평온해 보이는 그의 오른손에는 길쭉하니 무늬 없는 흰 종이봉투가 들려 있다. 그러나 미라이의 모습은 어디에도 없었다.

"미라이는?"

"여기 가져왔어."

그는 그렇게 말하면서 종이봉투에서 하얀 원기둥꼴 도기를 꺼냈다. 딱 물통 같은 모양이었다. 나 자신도 신기할 정도로 한순간에 사태가 파악되면서 온몸에서 핏기가 가시는 것 같았다. 그래도 그 추악한 예감이 빗나간 것일지도 모른다고 기대하면서 다시한번 물어봤다.

"그러니까 미라이는 어디 갔냐고? 어디 병원에 입원했어?"

히토나리는 어리둥절한 얼굴을 했다. 그리고 반쯤 어이없어하는 표정이 되어 이해가 늦은 학생을 대하는 선생님 같은 말투로 말하기 시작했다.

"점심때가 지나서였나. 미라이가 또 고통스러워했어. 마치 경련하듯이 호흡이 빨라지더니 아무리 말을 걸고 쓰다듬어도 거의 반응을 하지 않게 됐어. 그래서 구글 맵으로 검색한 가장 가까운 동물병원에 가서 안락사를 부탁했어. 주사를 맞고는 바로 호흡이 멎었고 평온한 표정으로 돌아왔어."

"그래서 미라이는 어디 간 거야?"

"죽은 순간부터 동물은 부패가 진행되잖아. 움직이기만 해도 체액이 나올 정도였으니까. 장의사에 반려동물용 로(炉)를 실은 왜건 차를 보내 달라고 해서 조금 전까지 지하 주차장에서 화장했어. 화장업자가 그대로 뼈를 가져가 주겠다고 했는데, 그러는 게 더 나았을까? 나, 그런 거 잘 모르니까."

그 자리에 있는 가장 딱딱한 것으로 히토나리를 후려갈기고 싶었지만 우선 그가 들고 있는 뼈 항아리가 눈에 들어와서 그럴 수가 없었다. 무슨 일이 일어났는지 완전히 이해했을 텐데도 감정이 상황에 대한 이해를 거부했다.

그러니까, 나는 확인이라도 하듯이 다시 물었다.

"그러니까, 넌 미라이가 조금 고통스러워하는 걸 가지고 바로 미라이를 죽여서 그대로 화장해버렸단 거야?"

"조금, 이 아니라 엄청이야."

"그토록 미라이를 예뻐했잖아."

"응, 미라이를 정말 좋아했어. 그리고 미라이도 날 좋아했다고 생각해. 그래서야. 그런 미라이를 그냥 내버려둘 수 없었어."

테이블 위에 어제 판타지 캐슬에서 받아온 자료가 든 봉투가 눈에 띄어 그것을 히토나리에게 던졌다. 그것만으로는 화가 가라앉지 않아서 티슈 케이스, 닌텐도 스위치의 컨트롤러, 『거울 속 외딴 성』 등, 책상 위에 있는 것들을 닥치는 대로 모조리 그를 향해 던졌다. 히토나리는 조금도 피할 생각을 하지 않으면서 눈을 동그랗게 뜨고 나를 바라봤다.

"너, 가서 죽어버려."

"그래, 죽는다니까."

"그런 게 아니잖아. 왜 넌 이렇게 총명하면서 보통의 인간이 어떻게 생각하고 느끼는지를 상상하지 못하는 거야? 누군가가 없어지는 건, 무척, 무척 슬픈 일이라고."

"그렇다고 1초라도 더 오래 살아 있어 달라는 건, 남겨진 사람의 이기주의 아냐? 고통스러워한 건 미라이라고."

"미라이는 말을 못 하잖아. 정말은 더 살고 싶었을지도 모르잖아."

그럼 히토나리는 스스로 죽고 싶다고 했으니까, 언제 죽든 자유라고 지금 나는 말하고 있는 건가. 나 자신이 내뱉은 말에 머리가 뒤죽박죽될 것 같았다. 더 이상 종잡을 수 없어져서 지금까지 나오지 않던 눈물이 한꺼번에 쏟아져 나왔다.

"미라이를 돌려줘."

"오늘 간 동물병원에서는 평안하게 갔다고들 말해줬어. 어쩔 수 없었다고."

안다. 어차피 오늘 히토나리가 미라이를 안락사시키지 않았더라도 앞날이 길지는 않았다는 것 정도는. 그래도 그런 게 아닌걸. 그 마음을 지금 히토나리에게 어떻게 전해야 할지 도무지 알 수 없었다. 그리고 히토나리도 내가 왜 몸부림치며 우는지 도무지 이해할 수가 없다는 듯, 계속 난감한 표정을 하고 있었다.

히토나리와 나 사이에 가로놓인 단절의 골이 생각한 것보다 훨씬 깊었다는 사실을 다시금 뼈저리게 느꼈다.

*

"있지, 그 촌스러운 사진을 언제까지 걸어둘 작정이야?"

히토나리는 조금 전까지 신고 있던 검은 덧버선을 쓰레기통에 던져 넣으면서 내가 식탁 위에 놓아둔 금색 액자를 가리켰다. 그와 처음 디즈니랜드에 갔을 때 찍은 사진이다.

히토나리가 멋대로 미라이를 안락사시켜버리고 나서 나는 일주일쯤은 계속 그를 무시했다. 그러고서야 겨우 그는 자신의 행동이 나를 크게 상처 입히는 것이었음을 알아차린 모양이었다. 무슨 생각을 한 건지, 갑자기 알랭 뒤카스의 초콜릿이니 피오렌티나의 케이크를 사 오기도 하면서 내 기분을 맞춰주는 행동을 하기 시작했다.

선물로 기분이 바뀐 건 아니었지만, 나도 차차 미라이의 죽음을 냉정하게 받아들일 수 있게 되었다. 지금도 그가 멋대로 미라이를 안락사시킨 것이 용납되지는 않지만, 그것이 미라이에게는 최선의 마지막이었을지도 모른다는 생각도 들었다.

미라이가 죽은 것을 어머니에게 알리자 대뜸 돌아온 말이 고통스럽지 않았냐는 것이었다. 히토나리가 멋대로 안락사시킨 사실은 말하지 않고 마지막은 평안했다고 전하자 어머니는 안도했다. 어머니는 지금도 아버지의 죽음이 트라우마로 남아 있는 모양이었다. 나도 아버지가 고통 속에서 죽어갔다는 사실을 기억해내고 차차 히토나리를 용서하자는 마음이 들기 시작했다.

그러나 히토나리는 내 마음이 풀어지고 있다는 것을 알아차리지 못하고, 지금까지 이상으로 내가 바라는 것들을 어떻게든 해주려고 애썼다. 모처럼 온 기회라고 생각하고 그때까지 한 번도 함께 간 적이 없던 디즈니랜드에 데려가 달라고 졸라봤다. 사진은 디즈니 리조트 35주년 프리뷰 나이트 때 함께 탄 스플래시 마운턴에서 급강하하는 순간을 포착한 거였다. 사진 속 히토나리는 눈과 입이 한껏 벌어진, 정말로 얼이 빠진 얼굴을 하고 있었다. 살면서 처음으로 저절로 비명이 터져 나오는 놀이기구를 타본 모양이었다.

"이 히토나리, 귀엽잖아. 영정 사진으로 쓸까나."

"이왕이면 니나가와 미카(蜷川実花) 씨가 찍어준, 꽃에 둘러싸인 사진이 있으니까, 영정 사진이라면 그걸로 해줘."

"미카 씨는 영정 사진을 찍을 작정을 하고 찍은 게 아니잖아."

우리는 이런 식의 주고받기를 라쿠고(落語)*를 하듯이 몇 번이나 했다. 그것이 재미있어서, 디즈니랜드 사진을 몇 개월이나 거실에 놔두고 있었다. 그런 대화를 나눠선지 우리의 사이는 미라이가 죽기 전보다 더 가까워진 것 같았다. 그렇지만 그에게, 그 밤의 일을 정면으로 캐물은 적은 없었다. 오히려 그 이야기가 나오는 것이 두려워서 미라이를 생각나게 하는 사진이나 유품은 모두 치웠다. 하지만 작은 뼈 항아리만큼은 몸에서 떼지 않고 가지고 다녔다. 내가 미라이의 이야기를 피하는 것을 히토나리도 알아차린 듯, 우리는 한동안 그에 대한 이야기를 입에 올리지 않

---

\* 한 명의 연기자가 등장인물들의 주고받는 대화를 중심으로 익살스러운 이야기를 연기하여 청중을 즐겁게 하는 예능

았다.

"오늘도 또 취재하러 갔다 온 거야?"

히토나리는 띠어리 저지 재킷을 벗으면서 끄덕였다. 그는 정력적으로 '취재'를 계속하고 있었다. 그 가는 체구에서 어떻게 그런 정력이 나오는지 모를 정도였다. 최근에는 원래 해오던 일의 사이사이에서 조정할 수 있는 모든 시간을 짜내어 안락사 '취재'에 바치고 있다.

"그렇긴 한데, 아이(愛)가 안 와서 정말 다행이라고 생각해."

그렇게 말하면서 그는 냉장고에서 레토르트 카레를 꺼내서 스트로로 빨기 시작했다. 유튜브에서 본 〈정열대륙(情熱大陸)〉*'에 나온 오치아이(落合陽一)** 씨를 흉내 내고 있는 것 같았다. 바로 얼마 전까지만 해도 안토시아닌이 풍부하고 냉동하면 영양가가 올라가는 블루베리야말로 만능식이라고 말했던 그였다.

"또 사람이 고통스러워하는 안락사였어?"

나도 시험 삼아 카레를 스트로로 빨아본다. 먹기 힘든 데다가 데우지도 않은 레토르트 카레는 이 맛도 저 맛도 아니었다. 오치아이 씨는 지금도 스트로로 카레를 먹고 있을까.

---

*     다양한 분야에서 활약하는 사람을 밀착 취재하여 소개하는 다큐멘터리 방송
**     오치아이 요이치, 일본의 젊은 연구자

"그런 게 아니긴 한데, 아이(愛)가 싫어할 얘기일지도 몰라."

"히토나리가 이상적으로 생각하는 안락사 방식을 발견해서 내 일이라도 바로 죽고 싶다고 하는 이야기만 아니라면 괜찮아."

웃으면서 그렇게 말하자, 그는 마지못해서 하는 표정으로 오늘 있었던 일에 대해 말했다. 그가 가서 보고 온 것은 몹시 사랑하던 반려동물을 잃고 안락사를 결정한 고령 여성의 세리머니였다. 최근에 배우자나 연인이 죽어서 안락사를 선택하는 케이스는 늘었지만, 반려동물이 죽어서 안락사를 하는 경우는 흔치 않다. 오늘의 여성은 키우던 개가 죽은 후로는 식사도 목을 넘어가지 않게 되고 우울증에 걸린 것처럼 되어버렸다. 반려견용 뼈 항아리를 안고서 맞이한 마지막 순간, 무척 행복해 보이는 얼굴을 했다고 한다.

"있지 아이(愛), 우리 인간은 아직 전혀 죽음을 극복하지 못하고 있는 거야. 요즘 들어, 나는 많은 죽음에 입회해 왔지만, 사람은 이렇게나 누군가의 죽음에 의해 큰 타격을 입는 존재로구나, 하는 사실을 알고 정말로 놀랐어. 불의의 사고라면 이해하겠는데, 수명이 다해 죽거나 본인이 결정한 게 분명한 안락사에 대해서조차, 그 죽음에 대해 사람은 슬퍼하고 괴로워해."

"갑자기 무슨 일이야?"

내 물음을 그가 어떻게 받아들였는지 모르겠다. 히토나리는 내가 오랫동안 입에 올리기를 피했던 이야기를 드디어 꺼냈다.

"미라이가 죽은 날, 나는 솔직히, 어째서 아이(愛)가 그토록 마음 아파하는 건지 알 수 없었어. 하지만 남겨진 사람에게, 죽음이란 무척 슬픈 것이라서 그런 거겠지."

이제 와서 새삼스럽게 그런 당연한 사실을 깨달은 거야? 내가 그의 말을 받아 그렇게 묻기도 전에 그가 먼저 악의 없는 얼굴을 하고 나에게 물어왔다.

"미라이가 없어진 뒤, 함께 죽고 싶다고 생각했어?"

"그런 생각, 요만큼도 하지 않았어. 글쎄, 나까지 죽어버리면 미라이를 기억하는 사람이 한 명 줄어버리잖아. 그런 거 절대로 싫어."

아버지가 돌아가셨을 때도, 미라이를 안락사할 수밖에 없었을 때도, 뒤를 따르자는 생각 같은 것은 한 번도 한 적 없다. 그리고 분명 히토나리가 죽는다 해도 마찬가지일 것이다.

"본인이 더 이상 없는데도, 다른 누군가에 의해 기억된다는 것이 그렇게 중요한 일이야?"

"중요해. 예를 들어 히토나리가 이런 식으로 자라서 여기 있는 것은 너 이외의 모든 사람이 있었기 때문이잖아. 낳아준 사람, 키워준 사람, 도와준 사람이 있었기 때문에, 이런 히토나리가 만들어진 거지. 그렇다면 그 사람 중 누군가가 없어지면, 적어도 살아 있는 우리들은 기억하고 있어야지."

"나는 뭐 잊혀진다 해도 괜찮은데. 보르네오에 사는 푸난이라는 수렵채집민은 누군가가 죽으면 시체를 묻은 후에 유품을 모두다 태워버린대. 그리고 죽은 사람에 대해서 이러쿵저러쿵 말하는 것은 물론, 이름을 입에 올리는 것조차도 금지한대. 죽은 자는 살아 있을 때의 흔적이 철저하게 지워지고, 산 자의 세계에서 멀어지는 거야. 혹시 그것은 수렵채집 시대에는 전 세계에서 볼 수 있던 보편적인 애도 방식인지도 몰라."

"너는 수렵채집민이 아니라, 도쿄에 사는 밀레니얼스*잖아."

"큰 차이는 없지 않나. 몇십만 년이나 계속돼온 호모사피엔스의 역사를 생각해봐도, 한 사람의 인간의 일생 같은 거, 그냥 캐시, 임시 기억장치 속의 임시 기록 같은 거야. 그게 사라진들 뭐가 슬프다는 거야?"

"슬퍼. 적어도, 나는 히토나리를 잊고 싶지 않아. 글쎄, 내 일부는 이젠 이미 너니까. 네 안에도 너 이외의 누군가가 많이 있잖아. 〈Coco〉** 보러 가자고 한 것도 그런 이유에서인데."

히토나리는 스트로를 입에 문 채, 수십 초 동안 침묵했다. 코로

---

\*     Millennials. 1980~2000년 사이에 태어난 세대
\*\*    2017년에 제작된 픽사의 애니메이션

하는 호흡이 서툰 그가 입으로 숨을 들이쉴 때마다 레토르트 팩 안에서 부글부글 공기 거품 소리가 난다. 미라이의 마지막에 대해 소상히 물어볼 수 있었던 좋은 기회인데 그 타이밍을 놓쳐버렸다.

"아이(愛), 오늘 일정이 어떻게 돼?"

구글 홈에 물어보니 오늘은 16시부터 도쿄미스터리서커스, 19시부터 히다카 군과 INUA라는 2건의 일정이 있을 뿐이었다.

"히다카 군에게는 내가 대신 사과해둘 테니까, 잠깐 나랑 같이 가줄래?"

도대체 뭘까? 갑자기 미라이의 이야기를 시작했나 싶더니, 별안간 영문을 알 수 없는 동행을 요구한다. 그러나 히토나리의 부탁을 거절하고 싶지는 않았다. 내가 "좋아"라고 하자, 그는 좀 전에 벗은 재킷을 다시 입고 새 덧버선을 신었다.

거실로 돌아오니, 히토나리가 우버를 부르고 있었다. 커다란 구찌 백팩을 들고 있었다. 어디를 가든 빈손으로 가는 그가 가방을 준비하다니, 무척 진기한 일이었다. 더구나 "어디 가?"라고 물어도, 고개를 옆으로 흔들기만 할 뿐이었다. 할 수 없이 나도 서둘러서 출장 때 들고 가는 샤넬 토트백에 갈아입을 옷과 화장품을 챙겨 넣었다.

*

지하 주차장에서 올라탄 우버는 사쿠라다도오리(桜田通り)를 북쪽으로 달려 올라가 사쿠라다몬(桜田門)에서 오른쪽으로 꺾어졌다. 나는 차 안에서 『스크랩(SCRAP)』의 가토 씨에게 미스터리서커스에 못 가게 된 데에 대해 사과하고, 히다카 군에게도 급한 볼일이 생겼다고 연락을 취했다. INUA에는, 우연히 일본에 와 있던 마시 오카 씨 일행이 대신 가주는 것으로 했다.

차는 도쿄역 야에스구찌(八重洲口)의 로터리에 도착했다. 히토나리는 신칸센을 탈 생각인 것 같았다. 역시 그는 스마트EX로 티켓을 예약해뒀던 듯, 발권된 표를 내게 건네줬다. 목적지는 아타미(熱海)로 되어 있다.

"아타미? 지금부터 온천 하러 가는 거야?"

"뭔 소리. 난 온천은 질색이야."

결국 목적지를 알아내지 못한 채, 14시 26분에 출발하는 고다마 663호에 올라탔다. 아타미에는 15시 14분에 도착한다고 되어 있다. 늘 그렇듯이 그가 창가 자리에 앉고 나는 통로 쪽 자리에 앉았다. 히토나리는 기차를 타면 늘 아이처럼 차창 밖 풍경에 푹 빠져들었다. 그래서 창가 자리는 늘 그에게 양보하게 됐다. 하지만 오늘은 신칸센이 달리기 시작했는데도 커다란 백팩을 무릎 위에 끌어안은 채 정면만 바라보고 있다. 광대뼈가 나온 마른 옆얼굴에서는 표정이 잘 읽어지지 않았다.

"있지 히토나리, 여러 현장을 가서 취재해 봤잖아. 죽는 것에 대해 조금은 재고할 마음이 생겼어?"

그는 내 질문에 정면으로는 대답해주지 않았다.

"시신을 볼 때마다 느끼는 건데, 사람이란 죽으면 정말 아무것도 안 남아. 영혼이라는 개념도 죽고 나서 남은 시체가 너무나도 허무한 데에서 생겨난 것일지도 몰라. 죽어 있는 시신 앞에 서 있으면 이제 여기에는 아무것도 없다는 생각이 확 들어. 그래서 최소한 영혼은 남아 있지 않을까, 라든가, 내세가 있지는 않을까, 하고 믿고 싶어지는 게 아닐까?"

"내세가 있다고 생각해?"

"틀림없이 말할 수 있는 것은, 있다고 생각하는 편이 더 합리적이란 거야. 게임에서도 라이프가 1밖에 남아 있지 않으면 도전하는 게 두려워지잖아. 하지만 라이프가 몇 개나 있다고 생각하면 더 거리낌 없이 도전할 수 있어. 인생도 몇 번이나 있다고 생각하면 사람들이 더 자유로이 살 수 있지 않을까."

그는 평상시처럼 이지적인 어투로 지론을 설파한 후에, 불쑥 덧붙였다.

"그리고 나 역시도 내세가 있으면 좋겠구나 하고 생각해. 힘든 현세가 리셋된 신나는 내세가 말이야. 지금 인생이 끝남과 함께 나의 존재도 끝난다면 그건 무척 슬픈 일이니까."

"그렇다면 안 죽으면 되잖아."

대답은 없었다. 신(新)요코하마를 지나자 신칸센의 차창 밖으로 전원풍경이 펼쳐지기 시작했다. 간토(関東)평야답게 평탄한 경치가 계속된다.

고리타분한 온천 거리라고 생각했던 아타미는 완전히 재개발된 거리였다. 깨끗한 역 빌딩 앞에는 여러 대의 택시가 서 있었다. 내가 맨 앞에 서 있는 택시에 올라타려고 하자 히토나리는 나를 멈춰 세우고, 그 택시의 운전기사에게 뭔가 얘기를 했다. 아무래도 그 택시 기사하고는 교섭이 결렬된 듯, 두 번째 택시 운전기사에게 아이폰을 보여주면서 또다시 뭔가를 설명했다. 드디어 그가 손짓을 해서 그 차에 올라탔다.

"대절 교섭이라도 한 거야?"

"맨 앞에 있던 택시의 운전기사는 혼구라(本宮)까지 가는 길을 몰랐거든."

"거기까지 차로 가는 사람은 별로 없으니까요."

조금 뚱뚱한 운전기사가 대화에 끼어 들어왔다. 나만이 무슨 영문인지를 몰라서 이야기 안에 들어가지 못한다. 택시는 주택가를 빠져나가 산길을 올라갔다. 차창 밖은 아직 밝은 하늘과 푸른 바다다. 산꼭대기에 가까워질수록 리조트맨션이나 휴양소 같은 건물이 늘어났다. 대부분은 버블기에 개발된 것일 거다. 건물의 설계에서 시대가 느껴졌다. 현영주택(県営住宅)*을 지나가자 길이 본격적으로 좁아지기 시작했다. 농로(農路)라고 할 것까지는 아니었지만, 어쨌든 차선이 하나밖에 없는 시골길을 따라 택시는 나아갔다. 운전기사로부터 "도착했습니다"란 말을 들은 곳은, 언뜻 보아 특별할 것이 없는 숲 앞이었다. 히토나리가 어서 내리자고 해서 미터기를 돌게 놔둔 채로 차에서 내려 숲 쪽을 향해 걸어갔다.

걸어가니 나무들 사이로 모습을 숨기고 있는 작은 신사(神社)**가 나왔다. 울창하게 우거진 광엽수 속에 도리이(鳥居)***와 빨간 하이덴(拝殿)****이 외로이 서 있었다.

"원래는 요하이죠(遥拝所)*****에서부터 참배로(参拝路)를 따라 올라와야 하는 건데. 아까 알아봤더니 1시간이나 걸린다고 하더라고. 등산은 그닥 소질이 없어서 택시로 온 거야."

히토나리는 참배할 생각은 없는 듯, 도리이와 하이덴 사이의 광장 같은 공간에 서서 그 가늘고 긴 체구로 있는 힘껏 기지개를 켰다. 나는 아무것도 묻지 않고 조용히 옆에 서서 그가 말을 꺼낼 때까지 기다렸다. 나는 아무것도 묻지 않고 조용히 옆에 서서 기다렸다. 멋지게 자란 백일홍 나무가 석양빛을 받아 황금색으로 빛나고 있었다. 나무 너머로는 어렴풋이 스모만(相撲湾)이 보였다. 결코 화려하지는 않지만, 무척 기분 좋은 곳이다. 심호흡을 하려고 하는데 그 순간 강한 바람이 불었다. 그것이 신호가 되기라도 한 것처럼 히토나리가 천천히 입을 열기 시작했다.

"실은, 내가 어렸을 때 가족이 함께 이곳에 온 적이 있어. 아버지가 친구에게 빌린 차로 드라이브를 하다가 길을 잃었는데, 길막다른 곳에 이 신사가 있었어. 얼마 후 아버지는 체포되었고 어머니는 죽었으니까, 나한테는, 내가 기억하는 한, 이곳이 가족이 함께 온 거의 유일한 추억의 장소야."

히토나리에게서는 가족 이야기를 들은 적이 거의 없다. 언젠가, 그의 아버지가 범죄자로 교도소에 있다고 하는 이야기를 『주간 신초(新潮)』 편집자에게서 들은 적은 있지만 그게 사실인지 아닌지는 확인하지 않았다. 어머니가 그의 집안에 대해 물은 적이 있었다. 힐즈 클럽에서 함께 식사했을 때의 일이다. 미용 마니아인 어머니는 타인의 외모를 평가하는 데에 엄격하다. 치아에 관해서도 일가견이 있어서 예능인의 치아를 볼 때마다 다니는 치과의 이름을 알아맞히고는 즐거워했다. 그날도 어머니는 재빠르게 히토나리의 어금니가 여럿 빠져 있는 것을 알아차렸다. 어머니는, 20대에 이가 여럿 빠져 있다는 것은 발육 환경에 큰 문제가 있었기 때문이 아닌가, 하고 말했다. 나는 편식 탓일지도 모른다고 애매하게 둘러대야 했다.

"안락사가 보급되고 나서 빈곤을 이유로 죽는 사람이 급감했다는 뉴스는 알고 있어? 안락사하려면 카운슬러와의 면담이 필순데, 거기서 생활고 때문에 죽는 게 더 낫다고 호소하면 법률 전문가나 NPO를 소개해줘. 그러면 거기에서 임의정리(任意整理)나 특정 조정으로 채무를 면책받는 방법이나, 개인회생이나 개인파산 방법을 가르쳐주는 거야. 또 POSSE*처럼 노동 상담을 해주는 NPO를 소개해주기도 해. 이런 과정에서 거의 대부분의 사람이 자신이 굳이 죽을 필요가 없었다는 사실을 알게 된대. 어머니가 자살한 시대에도 지금 같은 안락사 제도가 있었다면 좋았을 텐

---

\* 청년 자신에 의해 청년의 노동문제를 해결하는 것을 목표로 설립된 특정비영리활동법인(NPO法人). 10대에서 30대의 청년에 대해 세미나 개최나 노동 정보 제공 등, 청년이 주체적으로 사회에 참여해가는 데에 기여하는 것을 목적으로 한다.

데, 하고 생각해. 남편은 세상을 떠들썩하게 한 컬트종교*에 관련된 범죄자고, 자신은 병에 걸렸고. 아이를 키운다는 것은 무리라고 생각하여 절망했을 거야."

거기까지 단숨에 이야기하고, 히토나리는 땅에 내려놓았던 백팩 안에서 하얀 항아리를 꺼냈다.

"어째선지 계속 못 버리고 있었어. 구청에서 화장까지는 해줬지만, 우리 집안에는 가족묘가 없었기 때문에 친척이 시키는 대로 내가 갖고 있었어. 하지만 이대로 내가 죽으면 이 세상 아무도 어머니를 기억해주지 못하겠지. 아이(愛), 그건 슬픈 일이겠지?"

히토나리는 뼈 항아리의 뚜껑을 열고 그 안에 손을 집어넣었다. 항아리의 크기에 비해서 안에 든 뼈는 그렇게 많지 않은 모양이었다. 그의 손바닥에는 작은 뼛조각들이 올라와 있었다. 병을 앓은 기간이 길어서였을까, 화장했을 때에는 뼈는 이미 꽤 가늘어져 있었을 것이다. 그가 조금 쥔 것만으로 뼈는 부서져버렸다.

"그거, 어머니의 뼈였구나. 그 뼈를 뿌리러 온 거야?"

---

\* 광적 종교를 가리킴. 일본의 대표적인 컬트종교로 옴진리교가 있었다. 1995년 독가스를 이용한 대량의 사상자를 낸 테러 사건을 벌인 이후 관련자들이 구속되고 강제 해산되었다. 2018년 7월 6일 교주 아사하라 쇼코(63세) 등 7명의 사형이 집행되었으며 7월 26일에 추가로 6명의 사형이 집행되었다.

그는 조금 부끄러워하는 얼굴을 하고, 나를 이곳에 데려온 이유를 말해주었다. 마치 버섯처럼 어느 날 갑자기 불쑥 태어난 게 아닌가 싶었던 히토나리에게서 가족 이야기를 들으니 기분이 묘했다.

"이상한 일에 같이 와달라고 해서 미안. 그래도 아이(愛)는 이렇게 뼈를 뿌리면 분명 오늘 일을 기억해주겠지. 어쩌면 다시 이곳에 와줄지도 몰라. 있지, 내가 없어지면 나 대신 어머니를 기억해달라고 해도 될까?"

거기까지 말하고 나서 히토나리는 입을 다물었다.

바람이 백일홍의 잎을 흔드는 소리. 구두가 모래를 밟는 소리. 참새가 지저귀는 소리. 잠자리가 날갯짓하는 소리. 택시가 공회전하는 소리. 누군가의 침묵은 이 세계가 소리로 넘쳐나고 있다는 사실을 절감하게 했다. 천천히 히토나리의 얼굴을 보니, 긴 손가락으로 눈언저리를 누르고 있었다. 나는 용기를 내서 말을 이었다.

"있지 히토나리, 함께 몇 번이라도 여기 오자. 그래도 만약에 내가 히토나리보다 오래 살게 된다면, 꼭 이곳에 와서 히토나리랑 히토나리의 어머니를 기억할게."

내 말에 안심이 됐는지 히토나리는 남아 있던 뼈를 발밑에 조금씩 뿌렸다. 안에는 형태가 확실한 뼈도 있었지만, 어느 것이나 손으로 쥐기만 해도 바로 가루가 됐다. 다행히 우리 말고는 참배자가 하나도 없어서 뼛가루를 뿌리는 걸 나무랄 사람도 없었다.

사람은 예기치 않게 누군가가 살아 있던 기억을 짊어지게 되는 때가 있다. 자신이 죽으면 그 사람의 기억이 세상에서 영원히 사라지게 되어버리는 경우가 있다. 담백하고 합리적인 사생관을 지닌 그가 그 사실을 깨닫게 된 것이 기뻤다. 나는 히토나리의 어머니를 만난 적도 없고 얼굴도 모르지만, 여기 올 때마다 만난 적 없는 그의 어머니를 기억하자고 마음먹었다.

가방 안에서 미라이의 뼈 항아리를 꺼내서 뚜껑을 열었다. 안에는 믿을 수 없을 정도로 적은 양의 뼛가루가 들어 있었다. 활발하게 움직일 수 없게 되고 나서의 기간이 길었기 때문에 뼈에 구멍이 숭숭 나 있었던 거겠지. 조금은 남겨두려고 했지만, 강한 바람이 분 순간에 모든 뼈가 뿌려지고 말았다. 히토나리는 조금 놀란 얼굴을 하고 나를 쳐다봤다.

"히토나리만이 아니라, 우리 둘 모두에게 소중한 장소가 되게 해야겠다고 생각했어. 이렇게 하면, 나, 반드시 몇 번이라도 여기 오겠지."

미라이는 아버지와 같은 묘에 들어가야 했을지도 모르지만, 이렇게 기분 좋은 장소에 놓아주는 것도 나쁘지 않다고 생각했다.

"고마워."

히토나리가 한숨을 내뱉듯이 말했다. 여름도 끝자락인지, 아직 17시가 안 됐는데도 신사에는 슬슬 땅거미가 내리기 시작했다. 그러고 보니 택시를 계속 기다리게 하고 있었다. 히토나리의 등에 손을 돌려 이게 그만 내려가자고 신호를 보냈지만, 그는 아직 도리이 너머로 펼쳐지는 아타미의 시가지를 바라보고 있었다. 할 수 없이 혼자서 하이덴으로 가서 배례했다. 참배로도 경유하지 않았고, 데미즈야(手水舎)*에서 손을 씻지도 않았지만, 참배를 아예 안 하는 것보다는 낫겠지, 하고 생각했다. 정확하게 2배 2박수 1배를 하고(二拜二拍手一拜)**, 새전함에 1만 엔짜리 지폐를 넣고, 멋대로 뼈를 뿌려버린 것에 대해 용서를 구했다. 사유지에 뼈를 뿌리는 것은 법률상으로도 문제가 있겠지만, 절실한 사정을 감안해 달라고 신께 빌었다.

그가 발길을 옮기기 시작한 것은 그로부터 5분쯤 더 되어서였다. 택시의 미터기는 5200엔으로까지 올라가 있었다.

"히토나리, 참배 안 했는데 괜찮아?"

"내가 신을 믿는다고 생각해?"

그 말투는 완전히 평소의 히토나리였다.

---

* 신사에서 참배자가 손이나 입을 씻기 위해 물을 받아두는 곳
** 일본의 신사에서 새전함에 새전을 넣고 소원을 기원할 때는 2번 목례와 2번 박수, 1번 목례를 하는 것이 관례이다.

"내세는 믿으면서."

"뭐, 있으면 좋겠구나 하고 생각하는 것뿐이야."

운전기사는 자기 엑스페리아 휴대폰으로 FGO*를 하고 있었던 모양이었다. 제갈공명이 보인 걸 보면 상당한 돈을 썼을 것이다. 아타미역까지 돌아가 달라고 하고, 나는 히토나리에게 기댔다.

그가 자신의 뿌리를 나에게 이야기할 마음이 되어준 것은 기뻤지만, 동시에 그것이 그 나름의 죽을 준비라고 생각하면 마음이 시렸다. 헤이세이가 끝날 때까지는 아직 반년 이상의 유예기간이 있지만, 그동안에 어떻게든 그의 마음을 돌이킬 수 있겠느냐고 묻는다면, 별로 자신이 없었다. 그에게서 안락사를 희망한다는 말을 듣고 나서 눈 깜빡할 사이에 벌써 반년이 넘게 지나버렸다.

"있지 히토나리, 모처럼 아타미까지 왔으니까, 하룻밤 자고 가지 않을래?"

"나, 갈아입을 옷도 없는데."

"편의점에서 촌스런 팬티 하나 사줄게."

그 큰 백팩에는 정말로 뼈 항아리밖에 들어 있지 않았던 모양이다. 구글 캘린더를 확인하자 둘 다 내일 점심때까지만 도쿄로 돌아가면 스케줄은 어떻게든 맞출 수 있을 것 같았다. 구글 맵

---

\*     Fate/Grand Order, 일본의 모바일 게임

을 불러내서 가까운 호텔을 검색했다. 호시노 리조트가 운영하는 '사카이(界) 아타미'와 '리조나레 아타미'가 나왔는데, 현재 위치에서 가까운 '사카이'로 전화해서 숙박이 가능한지 확인했다. 평일이기도 해서 순조롭게 사카이 별관을 예약할 수 있었다. 히토나리가 아무 말도 하지 않으니 승낙한 것으로 생각해도 되겠지.

근처에 체인 편의점인 커뮤니티 스토어 이즈산(伊豆山) 치바야점(店)이라는 가게가 검색되었다. 운전기사에게 부탁해서 호텔에 도착하기 전에 커뮤니티 스토어부터 들러달라고 했다. 화려한 상점은 아니었지만 구비된 상품은 도쿄의 편의점에 비해서도 손색이 없었다. 약속대로 히토나리에게는 체크무늬의 트렁크스를 사줬다.

'사카이'의 별관인 별관 빌라 델 소르는 커뮤니티 스토어에서 몇 분 안 가 있었다. 바다에 면한 아타미 해안 자동차 도로 옆에 오도카니 서 있는 하얀 서양식 건물이다. 기슈(紀州) 도쿠가와 가(徳川家)의 15대손인 요리미치(賴倫)가 자택 안에 세워 놓았던 도서관을 그대로 들어 옮겨놓은 것이라고 한다.

로비에서 체크인을 마치고 방으로 안내받았을 때에는 태양은 이미 스루가만(駿河湾)에 거의 삼켜져 버릴 듯이 되어 있었다.

오렌지색으로 물든 구름이 수평선을 가로지르며 길게 드리워져 있다. 39층에서 보던 석양에 비해 빛의 양이 압도적으로 많은 느낌이었다. 히토나리도 창밖으로 펼쳐지는 광경을 빨려 들어가듯이 바라보고 있다.

"있지 히토나리, 산토리니섬에 가보고 싶지 않아? 세계에서 석양이 가장 아름답대."

"글쎄, 아름답지 않은 날도 많다는군" 하면서 그는, 구글 이미지 검색 결과를 보여준다. '산토리니 석양 기대 밖'으로 검색하여 나온 그 이미지는 확실히 절경이라고는 말하기 힘든 것이었다. 그가 말하길, '기대 밖'이라는 말로 검색했는데도 아름다운 장소라고 되어 있는 곳만이 절경이라고 불릴 자격이 있다고 했다.

"더구나 구글 플라이트에서 조사했더니 도쿄에서 21시간이래. 너무 멀어."

"계속 그런 식으로 나오면, 히토나리의 뼈, 산토리니 바다에다가 뿌려버릴 거야."

"그 신사에 뿌려줄 거라고 생각했는데."

어느 틈엔가, 태양은 완전히 수평선 아래로 삼켜져버렸다. 전깃불을 켜지 않았기 때문에 문득 정신을 차리고 보니 방도 어두침침해져 있다. 우리는 함께 레스토랑으로 가서, 그가 죽을 경우 유체를 어떻게 할 것인가를 놓고 시시덕거리며 이야기했다.

과연 계속해서 '취재'를 다녀선지, 히토나리는 현대의 매장(埋

葬) 사정에 대해서도 정통해 있었다. 예전처럼 '보리사(菩提寺)*의 무덤에 들어가는' 케이스는 줄어들고 있으며, 신주쿠의 백련화당 (白蓮華堂) 같은 호화로운 납골당이 도시마다 차례차례로 지어지고 있다고 했다.

하지만 워낙에 묘 자체에 집착하지 않는 사람도 늘어나서, 최근 수십 년 사이에 산골(散骨)**이 늘어나 단숨에 메이저 자리에 올랐다. 법무성 형사국도 장송(葬送)을 목적으로 뼛가루를 뿌리는 것은 사체 유기에 해당되지 않는다는 비공식 견해를 내놓고 있다고 했다. 단 뼈가 분말 상태로 되어 있어야만 한단다. 뼈를 가루로 만들기 위해 흔히 사용되는 것은 커피밀이라고도 했다. 오늘과 같이 뼈가 부서지기 쉽게 되어 있으면 괜찮은데, 히토나리는 의외로 뼈가 단단하여 어떨지 모르겠다.

"히토나리를 커피밀로 분쇄하는 건 싫은데."

"업자에게 맡기면, 자동분골기란 것이 있는 모양이야."

그런 이야기를 주거니 받거니 하면서 우리는 넙치 버터 콩피 (confit)***를 입으로 날랐다. 레몬의 맛이 가미되어 있어서 버터와 잘

---

*    한 집안이 대대로 귀의해서 장례식과 조상의 명복을 비는 공양 등을 지내는 절
**   유골을 가루로 해서 바다나 강, 산에 뿌리는 장례
***  프랑스 요리의 조리법으로, 각종 식재료의 풍미를 좋게 하고 보존성을 높일 수 있는 물질에 담가서 조리한 식품의 총칭

어울렸다.

"뼈를 화장장에 그냥 놔두고 오는 사람도 있는 모양이더군. 아이(愛)는 간사이(關西) 지방의 장례식에 가본 적 있어?"

"없어."

"동(東)일본에서는 화장장에서 나온 뼈를 모두 뼈 항아리에 담지만, 서(西)일본에서는 부분 수골(收骨)이라고 해서 두개골 등 두드러진 뼈만 뼈 항아리에 담고, 나머지는 화장장에 두고 온대. 거기서 한 걸음 더 나아가서 화장장에 유골을 모두 두고 와도 좋지 않겠느냐고 주장하는 종교학자도 있어. 확실히 그것도 하나의 견해지. 뼈란, 그냥 인산칼슘일 뿐이니까. 성분만 보면 비료와 같은걸."

"너 정말로 비료로 해버릴 거야!"

디저트인 딸기와 루바브(rhubarb)의 프라페가 나왔다. 바닐라 파우더가 꼭 뼛가루를 연상시켰다. 뼈가 그저 인산칼슘이라고 한다면, 식탁에 올린다 해도 전혀 문제가 없을 것이다. 사실, 사랑하기 때문에 유골을 먹었다는 이야기도 종종 있고 유골을 먹는 게 풍속인 지방도 있는 모양이다.

레스토랑에는 우리 말고는 손님이 없었다. 본관 숙소에는 손님이 많이 있을까. 하얀 커튼 너머로 어두운 아타미의 바다가 펼쳐져 있다. 히토나리가 아무 대꾸도 하지 않아서, 포크를 식기에 부딛쳤을 뿐인데도 소리가 크게 울렸다.

　레스토랑에서 저녁 식사를 끝내고 왔는데도 아직 21시가 안 되었다. 평상시라면 롯폰기나 신주쿠로 영화를 보러 가거나 친구를 불러내서 인랑 게임이라도 시작할 시간이다. 방에서 샤워를 하겠다는 히토나리를 설득해서 대욕장(大浴場)*으로 가기로 했다. 그에게는 아까 커뮤니티 스토어에서 산 트렁크스와 유카타(浴衣)**를 들게 했다. 그러나 별관의 건물을 나오고 나서부터가 큰일이었다. 스태프에게서 듣기는 했지만 온천으로 가기 위해서는 숲 안의 돌계단을 오르고 또 올라가야만 했다.

　"절대로 손을 놓지 마. 부탁이니까."

　그렇게 말하면서 히토나리는 내 손을 꽉 잡았다. 아무리 어두운 게 질색이라 해도 그가 이렇게까지 딱 달라붙는 것은 처음이었다. 어머니를 소개하고 나서, 나와의 거리가 좁혀졌다고 생각하는 걸까. 아니면 어둠은 역시 그의 트라우마와 관련이 있는 걸까.

　푸른 바다 테라스라는 휴게소를 지나서 계단을 더 올라가자 그 끝에 노천탕과 실내탕이 함께 있었다. 이 시간에는 고고이노유(古

---

\* 　욕실이 커서 많은 인원수가 동시에 이용 가능한 목욕탕
\*\* 　일본에서 목욕 후, 또는 여름철에 입는 무명 홑옷

々比の瀧)라 불리는 노천탕이 남탕으로 되어 있는 모양이었다. 남탕이든 여탕이든 손님은 없는 것 같았다.

"있지 히토나리, 같이 목욕하지 않을래?"

그렇게 제안하자, 아니나 다를까 그 즉시 무슨 말도 안 되는 소리냐는 답이 돌아왔다. 레스토랑에서 샴페인 한 잔밖에 마신 게 없는데도 나는 왠지 취기가 돌면서 흥이 오르기 시작했다. 그는 지금 나에게 부채감이 있는 만큼 내가 뭘 하자고 해도 응해줄 수밖에 없을 것이다. 남몰래 둘이서 같은 노천탕에 들어가다니, 그가 펄쩍 뛸 것 같아서 더욱 좋다고 생각했다.

"혼욕탕도 아니고 그렇다고 우리가 탕을 전세 낸 것도 아닌데, 어떻게 그런 생각을 해? 들키기라도 하면 좋은 악플거리야. 창피해서 당장이라도 죽어버릴지 몰라. 아이(愛)가 분방한 건 좋은데, 룰을 어기며 맘대로 하는 것은 좋지 않아."

"내가 남탕에 들어갈게. 만약 누가 들어온다 해도 남자인 척할 테니까 걱정하지 마. 히토나리도 내가 가슴이 작다는 것에 대해서는 인정했잖아."

나는 그렇게 말하고 히토나리의 팔을 잡고 남탕으로 지정되어 있는 노천탕으로 끌어당겼다. 그는 물론 필사적으로 저항했다.

"다른 사람이랑 목욕 같이 하는 거 좋아하지 않지만, 아이(愛)가 군이 꼭 같이 하길 원한다면 방에 있는 욕조에 같이 들어가는 걸로 하자. 그것으로 만족해주면 좋겠는데."

나는 진지한 얼굴이 되어, 양손으로 히토나리의 뺨을 감쌌다.

"있지 히토나리, 지금 그렇게 자기 입장 세울 때야? 너는 멋대로 죽고 싶다고 했고, 미라이를 나랑 의논도 안 하고 안락사시켰고, 오늘은 어머니 일까지 나한테 부탁했지. 그런데도, 이런 나의 작은 바람 하나 못 들어줘?"

그는 아직 툴툴거렸지만, 나는 개의치 않고 남탕인 고고이노유를 향해 갔다. 통로를 걸어가서 미닫이문을 여니까 유리로 된 작은 탈의실이 보였다. 구마 겐고(隈研吾)*의 설계인 만큼 건물은 간이오두막처럼 소박하고 깔끔했다. 숲에 싸여서 여기만 작은 우주선처럼 떠 있는 것 같다는 생각이 들었다. 밖은 이미 캄캄했지만 탈의실의 불빛이 환해서 갑자기 부끄러워지는 바람에 서둘러 옷을 벗었다. 기분이 나서 이런 일을 벌였지만 혹시라도 다른 남자 손님이 들어왔을 때 창피를 당하는 것은 틀림없이 나다. 얼굴을 숨기듯이 타월을 머리에 말고 아주 짧게 몸을 샤워로 씻고는 바로 탕 안으로 들어갔다.

그렇게 큰 노천탕은 아니지만, 바로 눈앞이 스모만이었다. 날이 밝았다면 이즈오시마(伊豆大島)가 보였을지 모른다.

---

\* 일본의 건축가

드디어 포기했는지 히토나리도 탈의실로 왔다. 몸을 감싸고 있던 띠어리 재킷과 셔츠, 덴햄 블랙 데님을 차례로 벗었다. 아주 잠깐 나와 눈이 마주치자 쑥스러운 얼굴을 하고 슈프림 복서팬티와 유니클로 덧버선도 벗었다. 그리고 배스 타월을 단단히 두르고 주위를 살피듯이 하면서 탕 쪽으로 걸어왔다.

　"만약 누가 들어와도 나는 모르는 사람처럼 할 거야."

　그는 그렇게 협박하듯이 말을 뱉고는 몸 씻는 곳에서 바디 소프를 몸에 바르기 시작했다. 우리 집에는 욕실이 두 개 있는 데다가, 그가 싫어하기 때문에 같이 목욕하는 일이 없었다. 자신의 몸을 씻는 히토나리의 모습을 보는 건 처음이었다. 그는 전신에 빠짐없이 바디 소프를 다 바르고 나서 머리의 몇 군덴가에 샴푸 액을 올렸다. 그리고 샤워기로 뜨거운 물을 전신에 20초쯤 뿌리고 나서 온몸에 물이 흐르는 채로 욕탕 쪽으로 다가왔다. 그러잖아도 긴 앞머리가 완전히 눈을 가렸다.

　"있지 히토나리, 늘 이렇게 비누를 대충만 씻어내?"

　그는 아무 대답도 하지 않은 채 타월을 두른 채로 욕탕 안으로 들어오려 했다. 나는 "그러는 건 매너가 없는 짓이야"라고 주의를 주었다. 대중목욕탕이나 노천탕에 온 경험이 거의 없을 것이다.

　"여자가 남탕에 들어오는 것보다는 낫다고 생각하는데."

그는 불평을 하면서 타월을 욕탕 가장자리에 놓고, 되도록이면 나한테 몸이 보이지 않는 위치에서 물에 몸을 담갔다. 새삼 무엇을 부끄러워하는 걸까.

"나, 아직 화 안 풀렸어. 해선 안 되는 행동을 이렇게 대놓고 한 건 처음이야. 민폐방지조례 위반으로 체포돼도 난 모르는 일이야."

그는 내 쪽을 매섭게 쏘아봤다. 평소에 별달리 감정을 보이지 않는 그가 나에게 화를 내는 것을 보고 실은 조금 기뻤다. 이왕이면 더 화를 내도 좋겠다고 생각하면서 욕탕 안을 이동해 가서 그의 등에 몸을 댔다. 그는 어깨를 움찔거리며 놀란 기색을 보이긴 했으나, 나를 밀어내려고는 하지 않았다.

"있지 히토나리, 정말로 죽을 거야?"

"못됐어. 아이(愛)가 그렇게 물어보면, 난 미안해할 수밖에 없으니까."

나는 더 기가 올라서 이번엔 등 뒤에서 양팔로 그의 가슴을 꼭 끌어안았다. 이번엔 내쳐질 거라고 생각했는데, 그는 도리어 더 얌전해진다.

"히토나리가 없어지면 지금이 헤이세이 몇 년인지 알 수 없게 돼서 불편한데."

농담 삼아 그렇게 말해봤다. 그의 나이에 1을 더하면 헤이세이 몇 년인지 알 수 있고, 헤이세이 연도에서 1을 빼면 그의 나이가 된다.

"우린 나이가 같잖아. 나 없어도 알 수 있어."

나는 그를 껴안은 채로 있었다. 그는 시선을 어두운 스모만으로 향한 채 내 쪽을 돌아보지 않는다. 어두운 바다를 바라보며 그는 도대체 무슨 생각을 하고 있을까.

"있지 히토나리, 내가 직접 말하긴 좀 뭐하지만, 이 나라에서 가장 자유롭고 가장 아쉬운 게 없는 입장에 있는 사람 중 하나가 빅 콘텐츠의 저작권자 가족이 아닐까. 오래된 부잣집하고는 달라서 자유가 있고, 사업하는 사람들하고도 달라서 벼락부자 취급도 안 당해. 자유롭고, 돈 있고, 게다가 문화적이야. 히토나리는 결혼이라는 걸 하고 싶은 마음이 없다고 하더라도, 난 평생 히토나리 곁에 있으면서 히토나리를 경제적으로 어렵지 않게 해줄 자신이 있어. 아버지가 돌아가신 것이 1999년. 〈부부냐냐〉 저작권이 끝나는 것은 2049년이니까 앞으로 31년이나 남았어. TPP로 저작권 보호 기간이 늘어나면 2069년이야. 우리, 앞으로도 계속 돈 때문에 어려울 일은 없어."

"분명히 〈부부냐냐〉 애니메이션은 앞으로 몇십 년이라도 계속

되겠지. 〈사자에상サザエさん〉*은 단카이 세대(団塊世代)**와 함께 사그러질 수도 있어. 〈짱구는 못 말려〉도 'BPO'***의 제재로 인해 위기를 맞게 될지 몰라. 하지만 〈부부냐냐〉는 다가올 시대에 오히려 더 필요한 작품이야. 이질적인 존재들이 어떻게 공생해갈 수 있을지에 대해 정말로 잘 그린 작품이야. 현대의 성서라고 해도 과언이 아니지."

"그렇다면 영화 각본, 다시 써봐."

그로부터의 대답은 없다. 차가운 바람이 서쪽에서 불어왔다. 아직 겨울은 멀었다고 생각했는데 계절은 순식간에 바뀐다.

"있지 히토나리, 네가 걱정하듯이, 첫 번째 피크는 끝나버릴지도 몰라. 그래도 앞으로의 인생에서 천천히 다음 대표작을 만들어 가면 되잖아. 유학을 가고 싶다면 가면 되고 남쪽 섬에서 여유롭게 놀아도 돼. 그런 삶 속에서 언젠가 쓰고 싶은 테마나 남기고 싶은 작품이 자연히 생겨나지 않을까?"

히토나리의 귀에 가만히 키스했다. 싫어할 거라고 생각했는데, 대신 그는 "고마워"라고 작게 속삭였다.

"저기 있지, 내가 얼토당토않게 축복받은 사람이란 거 알아.

---

* 일본의 만화가 하세가와 마치코(長谷川町子)의 만화 작품 및 동명의 애니메이션 작품
** 일본에서 제1차 베이비붐이 일어난 1947~1949년에 태어난 세대
*** 방송윤리·프로그램 향상 기구

아이(愛)한테는 정말로 감사하고 있어. 언젠가 특정한 누군가를 연인이라고 부르고 싶지 않다고 한 적이 있었지. 정말 결혼하고 싶다는 마음은 요만큼도 없었어. 그러나 아이(愛)라면 결혼해서, 아이 따위 전혀 좋아하지 않지만 아이를 만들고 같이 키워도 좋겠구나 하고, 그런 평범하기 이를 데 없는 미래를 생각해보기도 했었어."

"좋잖아. 평범해서. 넌 벌써 알아차렸을 거라고 생각하는데 나는 너한테 맞춰서 좀 과도하게 행동하거나 예술가 흉내를 내기도 하지만, 실은 한심할 정도로 평범한 인간이야."

나는 그의 입에서 '결혼'이나 '아이'라는 단어가 나온 것에 놀라고 있었다. 미디어에서 결혼 제도의 무의미함을 수차 주장했었던 그가 나에 대해서는 그렇게까지 생각해주고 있었다니. 그런데 그런 그가 왜 나를 남겨두고 죽으려는 걸까.

그의 얼굴을 보니, 그는 울고 있었다. 나도 무턱대고 슬퍼져서 그의 몸을 꼭 끌어안았다. 옷을 입고서 하는 섹스가 당연한 우리에게 벗은 몸으로 끌어안는 기회란 셀 수 있을 정도밖에 없었다. 그의 체온이 피부에서 직접 전달돼오는 것이, 무척 신선하고, 조금 멋쩍었다.

우리는 조금 일찍 호텔을 체크아웃하고 바다를 따라 난 길을 걸었다. 고적운(高積雲)의 틈새를 누비듯 하며 비행운(飛行雲)이 수평선 너머로 떨어지고 있었다.

"아저씨가 들어왔을 때는 어떻게 할까 싶었어."

"목욕을 짧게 하는 사람이라서 다행이었지."

어젯밤에 우리가 욕탕 안에서 끌어안고 있는데 갑자기 문이 열리는 소리가 나고 중년의 숙박객이 노천탕으로 들어왔다. 나는 순간적으로 히토나리에게서 떨어져 나와 욕탕 가장자리에서 몸을 움츠렸다. 그 아저씨는 10분 정도 만에 목욕을 마치고 욕실을 나갔기 때문에 다행히도 크게 곤혹스럽지 않을 수 있었다. 하지만 그러고 나서 잘 때까지 나는 계속해서 히토나리에게 싫은 소리를 들어야 했다. 그러느라 그가 '결혼'이나 '아이'에 대해 이야기를 꺼낸 진의는 못 듣고 말았다.

"있지 히토나리, 섬이 보여."

"이즈오시만가? 미하라산(三原山)*이라고, 쇼와 초기에는 자살의 명소였어. 연속해서 자살 현장에 입회한 여학생을 두고 '죽음

---

* 복식화산 오시마산의 산정 칼데라 안에 있는 중앙 화구구(中央火口丘)

의 안내인'이니 '변질자'라고들 하며 소란이 있었다고 하지."

"있지 히토나리, 그렇게 보자면 네가 죽으면 내가 '변질자'란 게 되겠네."

"그런데 그렇게 연속해서 죽음을 지켜본 여학생은, 사건 발생으로부터 2개월 후에 병사했대. 내가 죽어도 아이(愛)는 죽지 마."

"불길한 소리 하지 마."

길가에 빌딩이나 맨션이 눈에 띄기 시작했다. 그제서야 우리가 어느새 아타미의 중심가에 와 있다는 걸 알았다. 정비된 녹지 안에는 간이치오미야 동상(貫一お宮の像)*도 있었다. 너무나도 눈에 띄지 않는 곳에 있었기 때문에 히토나리가 말해주지 않으면 모르고 지나쳤을 것이다. 해변 쪽을 걷고 있는데, 맞은편 기슭에 컬러풀한 대형선이 정박해 있는 것이 보였다. 검색해보니 그 유람선 말고도 아타미항과 이즈오시마 사이를 45분 만에 연결해주는 고속제트선도 있는 모양이었다.

"오시마에 갈 수 있는 모양이야."

"시골은 싫어한다는 거 알잖아. 아타미도 나한텐 한계거든."

---

\*   오자키 고요(尾崎紅葉)가 쓴 소설 『곤지키야샤(金色夜叉)』의 주인공 간이치와 오미야의 동상. 우리나라의 〈이수일과 심순애〉의 원작 『장한몽』은 『곤지키야샤』를 번안한 것이며, 『곤지키야샤』역시 영국 소설 『여자보다 약한(Weaker than a woman)』에서 스토리 구조를 따온 2차 창작소설이다.

그런 얘기를 하는 사이에 오시마행 배는 떠나버렸다. 도쿄로 돌아갈 시간까지는 아직 여유가 있었기 때문에 바다가 잘 보이는 벤치에 걸터앉았다. 바닷새들의 울음소리, 비치에서 발리볼을 하는 아이들의 소리, 그리고 파도 소리가 들렸다.

　저절로 얼굴에 웃음이 번질 정도로 온화한 바닷가였다. 히토나리에게서 안락사 고백을 듣고 나서 우리에게는 연인다운 순간이 늘었다.

　그러고 보니, 어느 책엔가 죽고 싶은 인간일수록 타인의 온기를 필요로 한다고 쓰여 있었던 것 같다. 미국의 골든게이트 브리지는 자살의 명소로 유명한데, 거기서도 대부분의 사람은 어두운 태평양 쪽이 아니라 아름다운 야경이 빛나는 샌프란시스코의 번화가 쪽을 향해 뛰어내린다고 했다.

　그런 생각을 떠올린 순간이었다. 발리볼이 날아와서 히토나리의 얼굴 바로 옆을 스치고 지나갔다. 나는 무심결에 몸을 뒤로 젖혔는데, 그는 그냥 멀거니 있었다. 그러고는 내가 놀란 것을 보고 나서야 겨우 무슨 일이 일어났는지 안 모양이었다.

　"있지 히토나리, 멍하니 뭘 생각하고 있었던 거야? 까딱했으면 공이 얼굴에 부딪칠 뻔했잖아. 큰일 날 뻔했어."

　비치 발리볼을 하고 있던 아이들이 달려와서 공을 던져 돌려줬다. 초등학교 저학년 정도일까. 한때 유행했던 울프 커트를 한 남자아이와 머리를 짧게 자른 여자아이였다. 그들은 착한 말투로 "고맙습니다"라고 머리를 숙이고 다시 해변으로 돌아갔다.

"아이들 귀엽네. 히토나리랑 내 아이라면 더 귀여울 테지만. 있지 히토나리, 시험 삼아 아이나 하나 만들어보지 않을래? 지금 아이를 가지면 딱 새 연호가 시작되는 5월 1일생의 아이가 되지 않을까나. 그러면 이름 짓느라 수고하지 않아도 되잖아."

내가 그렇게 농담하듯이 말하며 웃어 보였지만, 히토나리는 크게 낙담한 사람처럼 커다란 두 손으로 얼굴을 덮은 채 가만히 있었다. 공 하나 피하지 못한 것 가지고 과장이 심하네, 라고 생각했는데, 혹시나 그의 자존심을 상처 입히는, 내가 모르는 무언가가 있었던 걸까, 하는 생각이 들었다. 히토나리는 결코 운동을 좋아하는 타입은 아니지만, 그렇게까지 반사신경이 둔한 사람은 아니다. 어째서 공이 날아오는 것을 전혀 눈치채지 못했을까.

"아이(愛), 실은 한 가지, 말 안 한 것이 있어."

"응?"

"나 말이야, 눈이 나쁘잖아."

"옛날에 라식했다고 했었지."

"그게 아니라."

"그래, 라식해도 다시 시력이 저하되는 경우가 있어. 히가시노(東野) 씨 트위터에서 읽은 것 같아."

"그러니까, 그런 게 아니라."

히토나리의 목소리가 높아지며 짜증이 섞이기 시작했다. 우리의 대화는 전혀 맞물리고 있지 않았다. 그는 무슨 말을 하려던 거였을까.

"정말은 말 안 하려고 했던 건데."

그는 턱을 괸 두 손의 둘째손가락을 눈시울에 댄 채로 눈을 감고 무엇인가 깊이 생각하는 모습으로 잠시 뜸을 들였다. 그가 이런 식으로 말을 토막 내어 하는 경우는 드물다. 그가 처음 죽음을 생각하고 있다며 고백해온 밤에는 그토록 말을 잘했었는데.

"처음에는 어두운 곳에서 사물을 보기 어려운 정도였어. 하지만 도쿄의 밤은 밝으니까 그다지 불편할 일도 없고 해서 신경 안 썼어. 그런데 낮에도 보이는 범위가 조금씩 좁아지는 거야. 안과에서 대학병원을 소개받아 가서 수차의 정밀검사를 한 결과 명확한 병명이 나왔어."

히토나리가 어두운 장소를 그토록 싫어한 이유, 나라에 갔을 때 어두운 밤에 몇 번이나 넘어졌던 이유, 항상 선선히 내 손을 잡아준 이유. 그 모든 것의 진짜 이유를 알고 나니, 나도 모르게 가슴 속에서 화가 치밀어 오르기 시작했다.

"조금씩 시야가 좁아지다가 마지막에는 전혀 아무것도 안 보이게 된대. 근본적인 치료법은 아직 없다는군. 이 병은 유전되는 것이고 보통은 수십 년에 걸쳐서 천천히 진행되어 가는데, 내 경우는 특별히 빠른 모양이야. 그래서."

"그러니까, 헤이세이가 끝나니까 죽는다가 아니라."

"아무리 안락사 천국 일본이라 해도, 헤이세이가 끝나고 시대에 뒤쳐질 것 같습니다, 란 이유만으로 안락사를 인정받을 수는 없어."

그가 내 몸으로 손을 뻗었다. 나는 그것을 뿌리치고는 나도 모르게 그에게 고함을 쳐댔다.

"히토나리, 너, 바보야? 그따위 일로 안락사를 생각하다니. 언젠가 내게 말했지. 죽음은 안 된다고 생각하는 내 발상이 20세기적이라고. 하지만 유전되는 병 때문에 죽는다니, 그거야말로 20세기적 발상 아니야? 네가 설마 나치 독일의 역사를 모를 리 없잖아? 물론, 네 경우에 대해서는 동정해. 그래도 말이지, 그런 이유로 바로 안락사라니 너무 극단적이지 않아? 넌 참신한 사고 방식을 팔아서 살아온 인간이잖아. 뭐야 그게, 병 때문에 안락사 한다는, 참신함이라고는 한 조각도 찾아볼 수 없는 그 말은. 그건 재미도 뭐도 없는 발상이야. 부탁이니까 그렇게 시시하게 죽지 마."

그는 장난치다가 들켜서 야단맞고 있는 아이처럼, 풀죽은 모습으로 고개를 숙이고 있었다. 내가 화난 목소리로 크게 소리를 치자 아이들이 멀리서 곱지 않은 시선을 보냈다. 그러나 나는 조금도 화가 가라앉지 않는다.

"그러니까 말이야, 어두운 장소에서 사물이 보이지 않는다면 여름에는 북구에 가고, 겨울에는 남극에 가면 되잖아. 백야를 뒤쫓아서 전 세계를 여행하는 것도 멋있잖아. 그러다가 만일, 눈이 완전히 안 보이게 되면, 연애라도 마구 하지 그래? 눈으로 볼 수 없는 누군가를 사랑할 수 있다면, 그것도 꿈이 있는 이야기잖아."

스스로도 엉망진창인 이야기를 하고 있다는 것을 알고 있었다. 지금 이 순간, 그런 고민을 혼자 안고 있었던 히토나리에게 해줘야 할 말은 이게 아닌데. 그런데도 내 감정만 앞세운 말들이 그렇게 마구 튀어나왔다.

"내가 한 말 제대로 들은 거야? 눈이 보이지 않게 될지도 몰라. 하늘도, 바다도, 거리도, 네 얼굴조차. 그리고 마지막에는 나 자신의 얼굴도 안 보이게 돼서 그게 어떤 모습인지 떠올릴 수도 없게 돼버리는 일, 상상해본 적 있어?"

"미안, 요만큼도 몰라."

나는 솔직하게 말할 수밖에 없다. 평소처럼 그의 생각을 듣고, 순순히 받아들이지 않게 되었다.

"나한테 이제 더 이상 미련을 갖게 하지 마."

그런 말을 남기고 히토나리는 혼자 벤치에서 일어나 시내 쪽으로 걸어가 버렸다. 마음은 쫓아가야 한다고 생각했지만 억지로 멈춰 세워 봤자 내 입에서는 그를 상처 입히는 말밖에 안 나올 것 같았다. 무엇보다 나 자신이 아직 혼란스러웠다. 만약 우리가 정말로 보통의 연인이었다면, 이런 때에는 억지로라도 섹스를 해서 마치 칼로 물 베기를 한 것처럼 모든 것을 흐지부지하게 만들 수 있었을까.

*

"헤이세이라는 것은 쇼와가 졌던 부채를 갚아나간 시대였습니다. 불량채권 처리, 이웃 나라와의 역사 인식 문제, 거액의 재정적자, 폐쇄하는 것도 쉽지가 않은 원자력발전소. 헤이세이가 마주해온 문제의 근원을 찾자면 쇼와의 실패에서 찾아야 합니다. 쇼와를 끝내는 것이 헤이세이라는 시대의 숙명이었다고 말할 수도 있겠지요. 올여름, 마치 공개처형이라도 하듯이 옴진리교의 간부에 대한 사형이 집행되었는데요, 매듭을 지어야 할 일은 더 많이 있습니다. 쇼와의 부채를 매듭지음으로써, 쇼와와 함께 헤이세이를 끝내야 합니다."

텔레비전을 켜자 〈격동의 헤이세이사(史)〉라는 NHK스페셜

이 방송되고 있었다. 다하라 소이치로(田原総一朗)*와 나카모리 아키오(中森明夫)**와 함께 히토나리도 출연하여 진지한 얼굴로 논평을 하고 있었다. 처음 보는, 호랑이가 프린트된 구찌 재킷을 입고 있다. 히토나리가 헤이세이를 끝낸다는 말을 할 때는 마치 자기 자신에 대해 말하고 있는 것 같이 들렸다.

그가 집에 돌아오지 않은 지 벌써 3개월이 다 되어가고 있었다. 계속해서 일을 하고 있는 것을 보면 마지막 날을 앞당긴 것은 아닐 터이다. 다만 둘이서 살던 이 집으로 돌아오지 않게 된 것뿐이다.

아타미에서 싸운 날 밤, 나는 집에 돌아와서도 한동안 그가 집을 나갔다는 사실을 눈치채지 못했다. 샤워를 하고 침실에 들어가서야 비로소 뭔가 달라져 있다는 것을 알았다. 침대 옆에 나란히 놓였던 섹스토이가 모두 사라졌다. 통상의 섹스를 하지 않는 우리에게, 섹스토이는 결속의 상징이었다. 나와의 관계를 끊어버리고 싶다는 것일까. 아마도 그는 평소 늘 들고 다니던 지갑, 아이폰, 섹스토이만을 가지고 집을 나갔을 것이다.

오늘까지도 집에 와서 다른 짐을 가지고 간 흔적은 없다. 그는

---

\*     일본의 저널리스트, 평론가
\*\*    일본의 칼럼니스트이자 편집자, 아이돌 평론가

원고나 자료를 평소 원드라이브에서 관리하고 있었기 때문에 집이 아니더라도 일하는 데에는 어려움이 없을 것이다. 옷은 필시 그때마다 사서 입고, 버릴 것이다.

그가 집에 없는 동안에 안과의사인 친구에게 히토나리의 병에 대해 상담을 해봤다. 친구의 말에 의하면 히토나리는 아마도 유전성 난치병일 거라고 했다. 젊어서 발병한다고 해도 수십 년 동안은 시력이 유지되는 경우가 많으나 급격히 진행되는 경우도 드물지만 있다고 했다. 치료법은 아직 발견되지 않았고, iPS 세포(induced Pluripotent Stem cell)* 연구에 기대를 걸고 있지만, 실용화되는 것은 아직 먼 미래의 일이라고 했다. 그 이야기를 듣고 그가 섹스 때에 삽입하는 것을 완강하게 거부한 이유를 알 수가 있었다. 그러고 보니 콘돔을 사용해도 피임 실패율이 14퍼센트를 넘는다고 송미현(宋美玄)** 씨가 말했던가. 그는 만에 하나 아이가 생겼을 때에 병이 유전될까 봐 두려웠던 것이다.

그러나 유전은 결코 절대적인 것이 아니다. 최신 유전자 연구에 의하면 어떤 유전자를 갖고 태어났다 해도 그것이 발현할지

---

*     유도만능 줄기세포. 특정한 유전자를 인위적으로 발현시켜 성체 체세포를 유도하여 인공적으로 만들어진 만능줄기세포. 수정란이나 난자를 사용하지 않아 윤리 문제에서 자유로우면서도 분화 능력은 배아줄기세포와 비슷한 수준인 줄기세포
**    일본의 산부인과 의사, 성과학자

어떨지는 운명이라고밖에 부를 수 없는 복잡한 메커니즘에 의해 결정된다고 한다. 우연한 만남, 어쩌다 듣게 된 곡, 문득 들른 카페 등, 정말로 사소한 일들이 유전자에 영향을 미칠 수 있다는 것이다.

그런 거, 히토나리라면 알고도 남았겠지. 그의 병이 어떤 건지 알게 되면서, 히토나리가 그날 밤에 나에게 자신의 시대는 끝났다고 말한 것도, 괜한 말만은 아니라고 생각하게 됐다. 그가 걸린 병으로는 아무 빛도 느끼지 못하는 전맹이 될 가능성은 낮다고 했다. 그러나 시대와 함께 달려왔던 그에게, 시력을 잃는다는 것은 분명 엄청난 공포였을 것이다. 병이 없다 하더라도 헤이세이라는 시대가 끝나면 그도 더 이상 젊지 않게 되므로 시대를 따라잡기 위해서는 더 많은 노력이 요구될 터였다. 그런 타이밍에서 바깥세상이 안 보이게 된다니, 그건 정말로 두려운 일이었을 것이다.

몇 번이나 전화나 라인을 하려고 시도했지만, 그때마다 그에게 할 첫마디가 떠오르지 않아서 주저하고 말았다. 구글 캘린더의 공유 기능은 끊기지 않았기 때문에, 일하는 현장으로 들이닥치는 것도 가능했지만, 거기까지 할 용기도 없었다.

그러나 대충 어디 머무는지 짐작은 갔다. 텔레비전 방송국의 친구에게 알아봐달라고 했더니, 프로그램 출연 후 방송국에서 불러준 콜택시가 그를 태우고 신주쿠의 파크 하얏트로 향했다고 알려줬다. 방송국이 내어준 차를 사용할 경우에는 차에서 내리는 장소가 기록된다는 것이다. 덕분에 불륜이나 병을 들킨 유명인도 있다. 어쨌든 그는 내가 사는 도라노몬으로부터 되도록 멀리 떨어진 곳의 호텔을 전전하고 있는 것 같았다. 그의 행동 원리로부터 추측하건대, 나와 딱 마주치고 싶지 않은 것이겠지. 그렇다면 그의 의사를 존중하는 편이 좋지 않을까 하고 생각했다.

하지만 그의 진의는 모른다. 나에게 정나미가 떨어진 것인지, 아니면 내가 자신의 부재에 익숙해지게 만들려는 것인지. 캘린더는 이제 11월을 가리키고 있고 헤이세이라는 시대도 앞으로 반년이 채 안 남았다.

헤이세이가 끝나버린다.

마음 같아서는 지금 당장 그를 찾아내 1분 1초라도 아끼며 설득하고 싶지만, 나는 그에게 건넬 첫마디가 생각나지 않는다. 답답하고, 분해서, 나는 밤마다 약속을 잡았다. 업무상의 회식 후 친구와 합류해서 그대로 잘 풀리면 남자와 섹스를 한다.

그날도 아침 녘까지 그랜드 하얏트에서 연극 〈인랑〉의 출연 배우 다쿠로와 함께 있었다. 그가 옆에 있을 때는 마이스리 없이 잠들 수 있었다. 후쿠오카에서 하는 공연을 위해 하네다 공항에 간다고 하는 그에게 택시비로 3만 엔을 건네주고 나도 호텔을 체크아웃했다. 겨울의 푸른 하늘이 기분 좋았기 때문에 도라노몬까지 걸어서 집으로 갔다. 내가 뭘 하고 있는 거지? 하는 초조함과, 뭐라도 하지 않으면 우울해지는 마음이 교대로 내 속을 오가고 있었다.

"어서 와."

히토나리다. 집에 돌아온 나를, 그는 마치 평소 아침에 귀가할 때의 나를 대하듯이 맞아줬다. 사이드로프 니트와 메종키츠네 추리닝을 입고 거실 테이블에서 서피스를 만지작거리고 있는 그를 보니 그가 몇 개월이나 집을 비웠다는 사실이 거짓말 같았다.

"히토나리야말로, 어서 와."

나는 칠칠치 못하게 메이크업이 지워진 얼굴로 다쿠로의 체취가 남아 있을지도 모르는 몸이 갑자기 부끄러워져서 그에게 다가가 안기지 못하고 어색한 웃음을 짓는 것으로 대신했다. 커튼이 열어 젖혀진 39층 집은 이 시간부터 빛이 잘 든다.

"갑자기 나갔다가 갑자기 돌아와서 미안해."

히토나리는 그렇게 말하며 다가와 나를 안았다. 그가 먼저 나를 안는 경우라니, 만나고 나서 이런 일이 몇 번이나 있었던가. 평소라면 기뻤을 테지만 지금은 미안한 마음이 앞섰다.

"나, 히토나리한테 심한 말을 해버렸어."

정말로 심한 것은 오히려 오늘이다. 하필이면 이런 날 아침에 돌아오는 히토나리가 원망스러웠다.

"그때 아이(愛)가 나한테 화낸 것에 대해 결과적으로는 감사하고 있어. 이제 곧 죽겠다는 사람에게 보통은 화내기 어려운 건데 아이(愛)는 그렇게 했지. 그래서 오늘은 한 가지 제안을 하기 위해 온 거야. 그것 때문에 지난 3개월 동안, 마쓰오 씨의 연구실이나 스푸트니코!*의 도움을 받으면서 여러 가지 준비를 했어."

그렇게 말하면서 히토나리는 가로세로 높이 30센티의 하얀 상자를 내밀었다. 그러고 나서 그는 3개월간의 부재에 대해 설명하기 시작했다.

"아이(愛)와 아타미에서 말다툼을 한 후, 거의 절망하면서 도쿄로 돌아왔어. 내 절실한 문제를 왜 아이(愛)는 이해해주지 않을까 하고. 그리고 한번 거리를 둬보자는 생각에 집을 나간 거야. 섹스 토이도 나 때문에 산 거니까 그것도 다 가져갔어. 하지만 아이(愛)에게서 떨어져서 며칠쯤 호텔 생활을 해보니 굉장히 외로워지더라. 일은 계속했기 때문에 늘 누군가와 이야기를 나눌 수는 있었지만, '무녀가 다케시마의 혼령을 불러내 주니까 앗키가 울었다는 얘기에 대해 앗키 본인은 아니라고 하던데'라는 얘기나 '나카세 씨한테 바텐더를 하는 새 애인이 생겼대' 같은, 그런 아무래도

---

* Sputniko! 도쿄를 거점으로 활동하는 아티스트

좋을 애기를 할 상대가 없다는 것을 깨달았어.

나 스스로 합리적인 인간이라고 생각했었는데, 실은 아이(愛)와 그런 소소한 이야기를 주고받는 시간이 내게 엄청나게 소중한 시간이었다는 걸 알게 됐어. 거꾸로 말하면, 나는 아이(愛)한테 그만큼 신세를 지고 있었는데, 오히려 아이(愛)가 나 때문에 헛된 시간을 보낸 꼴이 됐다는 걸 알게 된 거야. 그런 상태에서 아이(愛)에게 아무런 보답도 하지 않고 헤어지는 것은 굉장히 무책임한 일이라는 생각이 들었어.

처음엔, 엄청나게 긴 편지를 써봤어. 하지만 몇천 글자, 몇만 글자를 쓴다 한들 아이(愛)를 향한 마음은, 그런 식의 말로는 다 표현할 수가 없었어. 어떡하지 하고 헤매다가 어느 날 구글 포토에서 아이(愛)와 찍은 사진을 봤어. 2015년 2월에 『다빈치』에서 대담했을 때의 사진. 2015년 4월에 아이(愛)가 불러내서 같이 스카이트리의 수족관에 갔을 때의 사진. 2015년 7월에 쓰촨성에 가서 판다에게 습격당할 뻔했던 때의 사진. 2016년 10월에 미라이가 우리 집에 왔을 때의 사진. 그렇게 우리 둘이 찍은 사진은 7521장이나 있었어.

다음은 라인을 다시 읽어봤어. 백업해둔 것을 복원해서, 처음 '세토 아이(瀬戸愛)입니다. 잘 부탁드립니다' '저야말로 잘 부탁드립니다'라는 사무적인 대화에서부터, 마지막으로 주고받은 '오늘은 몇 시쯤 집에 와?' '11시 45분 예정'이라는 다른 의미에서의 사무적인 대화까지, 우리는 3년 반 동안에 무려 97만 자나 되는 말을 서로 주고받았더라고. 그걸 보고, 우리에게는 이제 이만큼의 역사가 있구나 하고 깨달았어. 지난 역사가 오늘날에도 반복하는 거라면 둘 사이에 쌓인 이 많은 과거의 기록을 가지고 현재의 이야기를 만들 수 있다고 생각했어."

히토나리가 어서 열어보라고 해서 하얀 상자를 열었더니 구글 홈 같은 스피커가 들어 있었다.

"뭐든 말을 걸어봐. 아이(愛)가 늘 나를 불렀던 것처럼, '있지 히토나리'라고."

'있지 구글'이 시작 명령어로 설정되어 있는 구글 홈과 같은 요령일 것이다.

"있지 히토나리, 미안해."

스피커는 아주 짧은 틈을 두고 히토나리와 똑같은 목소리로 대답하기 시작했다.

"뭐에 대해서 미안하다는 거야? 사과는 말보다 행동으로 보여주는 게 좋아."

하쓰네 미쿠(Hatsune Miku)*와 같은 합성음 특유의 발성으로 하는

---

\* 크립튼 퓨처 미디어에서 발매한 음성합성 데스크탑 뮤직용 보컬 음원 및 그 캐릭터

말이었지만, 언뜻 들어서는 합성음인지 잘 알 수 없었다. 더구나 스피커는 자못 히토나리가 말할 법한 대답을 했다.

"있지 히토나리, 이 스마트 스피커를 3개월 걸려서 만들고 있었어?"

"응."

"응."

진짜 히토나리와, 스마트 스피커가 동시에 대답했다.

"잘 일어나지 않는 일이 일어났을 때 '예상 밖'이라는 말을 사용하는 건, 우리가 보통은 '예상' 범위 안에서 살고 있기 때문이야. 내 행동도 거의 대부분은 '예상' 범위 안에 있을 거야. 나의 '예상'된 범위는 내 자료실의 자료로부터 구성해낼 수가 있어. 그리고 다행히도 나는 다른 사람보다도 많은 자료를 남겨왔어. 개인적인 라인이나 메일은 물론, 책이나 텔레비전, 트위터로 많은 말을 발신(発信)해 왔으니까.

더구나 나는 어느 정도 이지적이고 논리적인 인간이야. 그래서 기계 학습으로 나를 재현하는 일이 그렇게 어렵지는 않을 거라고 생각했어. 실제로는 마쓰오 씨를 포함해서 다들 나 때문에 꽤 고생을 했지만 말이야. 하지만 이 스마트 스피커는 급하게 만든 거라서 아직 많이 업데이트해야 해."

히토나리는 A4 복사용지를 묶어 만든 책자를 몇 권쯤 테이블 위에 올려놓았다. 모든 것을 태블릿이나 스마트폰으로 해결하는 그가 종이에 프린트를 해서 가져오다니 보기 드문 일이었다.

"실은 지난 3개월 사이에 아이(愛) 어머니와도 만났어."

"뭐? 엄마를?"

나는 깜짝 놀라 되물었다. 어머니는 내게 그런 얘기를 한마디도 하지 않았다. 책자 하나를 손에 들어서 보니, 〈부부냐냐 미래 모험기〉라는 타이틀이 보였다.

"도호와 쇼가쿠칸을 통해서 다시 〈부부냐냐〉의 영화 각본을 써 보지 않겠냐는 얘기가 들어와서 세토프로의 사장님하고 인사를 나눈 거야. 우선 세 가지 패턴으로 써봤는데 사장님은 전부 마음에 들어 했어. 일단 2020년 개봉 영화에 그중 하나를 채용하는 것으로 거의 결정됐고, 2022년, 2023년에도 내 각본을 사용하자고 얘기가 됐어."

"엄청 먼 날들의 얘기네."

"책도 썼어. 연재를 마무리하는 것까지 포함하면, 2019년에는 3권, 2020년부터 2023년까지는 매년 1권씩 출판할 수 있는 양의 원고를 써서 쟁여놨어. 사노켄 씨와 디자인이랑 광고 협의도 마치고 왔어. 만약 내 책이 어느 지점에선가 갑자기 잘 안 팔리게 되면, 출판해주지 않겠지만."

"세상 사람들은 히토나리가 없어졌다는 걸 못 알아차릴 수도 있겠네."

　적어도 2023년까지는 그가 한 작업이 공적으로 발표된다는 거니까.

　"아이(愛)한테서 죽는 건 촌스럽다는 말을 듣고, 그렇다면 대신 불로불사가 되자고 생각한 거야."

　"불로불사? 안락사를 안 하기로 했다는 거야?"

　히토나리는 질문에 대답하는 대신, 미래에 대해서 이야기해 줬다. 그는 앞으로 5년간, 웬만한 화제에 대해서는 다 대응할 수 있도록 책과 영화 각본만이 아니라 트위터나 인스타그램에 올릴 원고도 몇천 패턴이나 준비해놨다고 했다.

　"대안(大安)* 날이 올 때마다 복권판매소에는 긴 행렬이 생길 테니까, 그런 날에 대해 '우민의 행렬. 복권의 실질환원률은 45.7퍼센트로 경마나 경륜과 비교해도 훨씬 할당이 나쁜 갬블'이라든가 하는 멘트 말이야. 그것으로 부족한 것은 인공지능을 조합해 내 과거 발언에서 말할 법한 것을 유추해서 발표할 거야."

　"그래도 역시 텔레비전이나 라디오에는 못 나가게 되겠지?"

　"생방송은 아직 무리야. 그래서 집필 활동에 전념한다, 라고 하고, 내년 초 일찌감치 미디어에 출연하는 일을 마감할 거야. 다만

---

\* 　모든 일이 매우 길한 날

아베마TV*에서는 봄부터 나를 출연시키는 실험방송을 시작해줄 거야. 내 인공지능이 여러 사람의 인생 상담에 대답하는 프로그램이야. 작년에 〈금스마(金ㅈ마)〉**에서 테레사 텐이 부활해서 화제가 됐는데, 그런 식으로 CG로 내 모습을 재현해주기로 했어."

보여준 영상에서는 움직임이 약간 어색하고 말투도 좀 더듬거리는 것 같긴 했지만 분명 '히토나리'가 이야기하고 있었다. 그는 원래 움직임이나 말하는 방식이 기계적인 데가 있었기 때문에 영상도 그다지 이상하게 느껴지지는 않았다. 만약 기술이 지금 속도로 계속 발전한다면 생방송으로 그를 볼 날이 올지도 모른다. 하지만 중요한 것은 그런 게 아니다. 그가 사회적으로 계속 살아서 존재한다는 것과 지금 이렇게 눈앞에 있는 그가 사라지는 것은 전혀 별개의 이야기다. 스마트 스피커는 마음에 들었고, 앞으로 내놓을 책도 기대됐지만, 문제는 그게 아니었다.

"그래서, 죽는 건 그만둔 거야?"

손끝으로 그의 얼굴을 만졌다. 오랜만에 만났음에도 그의 얼굴은 CG처럼 변함이 없다. 포토샵으로 수정한 것처럼 매끈한 피부와 수염 한 올 안 난 입가. 그는 과장스러울 정도로 입을 벌리고

---

*     PC · 스마트폰 대상의 라이브 스트리밍 형식의 인터넷 TV

**    원제 〈나카이 마사히로의 금요일의 스마일들에게(中居正広の金曜日のスマイルたち
       へ)〉. 매주 금요일 방송되는 정보 · 교양 버라이어티 방송

웃었다.

"실은 아직 고민 중이야."

그가 이런 식으로 웃는 건 드문 일이다. 하지만 그것이 허세로 웃는 웃음으로는 보이지 않았다.

"병과 관련해서는 아직 조금도 해결된 게 없고, 헤이세이의 종막과 함께 내가 낡은 인간이 되어버리는 것도 피할 수 없는 일일 것 같아. 하지만 어느 쪽이 됐든 그날을 경계로 갑자기 사라질 일은 없다고 생각했어. 고대의 모가리(殯)* 같은 거라고 할까."

"있지 히토나리, 모가리가 뭐야?"

히토나리 대신 스마트 스피커가 대답해줬다.

"위키피디아에는, 모가리란 사자(死者)의 부활을 바라면서도 유체의 부패·백골화 등의 물리적 변화를 확인하는 것에 의해 사자의 최종적인 '죽음'을 확인하는 것이라고 쓰여 있어."

사자의 부활이라는 말이 머리에 남았다. 히토나리의 부활을 기대해도 좋은 걸까.

"그래서 사람들 앞에 나서는 걸 그만둔 다음에는 어떻게 할 거

---

\* 　일본의 고대에 있었던 장례 의례로, 정식 장례까지의 꽤 긴 기간 동안, 관에 시신을 가안치하고 이별을 아쉬워하며 사자(死者)의 영혼을 공경하고 위로하고, 사자의 부활을 바라면서도 시신의 부패·백골화 등의 물리적 변화를 확인하는 것에 의해 사자의 최종적인 '죽음'을 확인하던 관습

야?"

"전에 아이(愛)가 말해준 것처럼, 긴 여행이라도 가는 거로 할게. 여행이 계속될 수도 있고 어딘가에서 남몰래 죽을 수도 있고, 불쑥 다시 돌아올지도 몰라."

"나는 데려가 주지 않을 거야?"

아무 대답도 없이, 히토나리는 내 몸을 긴 팔로 안았다. 다쿠로군의 체취는 이제 깨끗이 사라졌을까.

나도 지지 않고 그의 몸에 꽉 매달렸다. 가슴께에 얼굴을 묻어보기는 하지만, 히토나리에게서는 방금 산 새 옷 냄새밖에 안 났다.

*

발코니로 나가니 남쪽으로부터 미적지근한 바람이 불어온다. 오늘 도쿄는 4월 수준의 따뜻함이다. 올림픽까지* 앞으로 1년 반이 채 안 남았다. 해안의 개발은 급피치로 추진되고 있다. 하루미부두(晴海埠頭)의 선수촌도 조금씩 형태를 갖추기 시작했다.

"있지 아이(愛), 잠깐 산책하러 가지 않을래?"

---

\* 　2020년 7월 24일부터 8월 9일까지 도쿄에서 개최 예정

"물론. 오늘 날이 따뜻하고 좋네."

히토나리는 본인이 말한 대로 텔레비전이나 라디오의 레귤러 프로그램에서 모두 하차하고, 잡지 연재 원고도 미리 써놓은 것을 자동 송고하고 있는 모양이었다. 온종일 집에서 빈둥빈둥 거리는 날도 있고 갑자기 며칠간 집을 비우기도 했다. 나와 함께 가루이자와(軽井沢)까지 1박 여행을 다녀오기도 했다. 마치 장기 휴가라도 받은 것 같은 나날이다.

이대로 히토나리가 곁에 계속 있어주면 좋겠다고 생각하는 한편으로, 아침에 일어났을 때 그가 사라져버리고 없으면 어떻게 하나, 하는 생각 때문에 밤이 올 때마다 불안했다. 최근에는 마이스리에 더해서 벨솜라*까지 처방받았다.

레지던스의 현관을 나서 길을 걷자니 도라노몬 지구의 재개발공사가 변함없이 계속되고 있는 게 보였다. 평소에는 집 앞에서 우버로 외출하기 때문에 도라노몬 주변을 걸을 일이 별로 없었다. 버질(Virgil Abloh)이 디자인한 루이뷔통 파카에 안리아레이지 데님, 발렌시아가 스니커를 신었을 뿐인 가벼운 옷차림 탓인지 히토나리의 발걸음이 가볍다.

"있지 아이(愛), 스마트 스피커 말인데, 좀 업데이트 했어."

---

\*     Suvorexant가 주성분인 수면제

"히토나리 홈 말이지."

받은 스피커는 거실에서 구글 홈 옆에 놓아뒀는데, 지금은 히토나리가 집에 같이 있어서 그다지 쓰임새가 없어 난처하다.

"지금까지는 내 과거 발언을 기초로 자동으로 응답하게만 되어 있었는데, 이제부터는 때에 따라서 실시간으로 응답할 수 있게 해봤어."

"무슨 소리야?"

"내가 어디론가 멀리 간다고 쳐봐. 그럴 때 아이(愛)가 스피커에 말을 걸면, 세계 어딘가에 있는 나한테로 연락이 와. 그때 내가 직접 대답을 할 수도 있고, 내가 아무 응답을 하지 않으면, 지금까지 대로 인공지능이 멋대로 대답을 해주는 거야."

"그 대답이 진짜 히토나리가 하는 건지 인공지능이 하는 건지, 내가 알 수 있어?"

"알 수 없게 만들어 달라고 했어. 내가 실시간으로 응답할 때도, 어김없이 합성음으로 변환되어 전달될 테니까."

"흐-응, 즉 히토나리가 살아 있는지, 죽었는지, 알 수 없는 거네."

그가 조금 짓궂은 표정을 지으며 내 쪽을 봤나 싶더니, 순간 거칠 것 없이 환한 웃는 얼굴을 했다. 이렇게 천진난만하고 풍부한 표정의 그는 어쩌면 처음 본 걸지도 모르겠다. 문득, 작년 가을에 오키나와 컨벤션 센터에서 본 아무로 나미에(安室奈美惠)*가 생각났다. 슬픔을 조금도 느끼지 않게 하는, 은퇴 후가 기대되어 견딜 수 없다는 듯이 웃던 그 얼굴.

"있지 아이(愛), 나, 어머니께 치과 소개받았어."

"모르는 동안 우리 엄마랑 사이가 좋아졌네."

"제국호텔의 나카하라(中原) 선생님 병원. 헛웃음이 나올 만큼 비싼 견적이 나와서 깜짝 놀랐지만, 순식간에 모든 이를 완벽하게 치료해줬어."

히토나리는 입을 크게 벌리고 웃었다. 이가 빠졌던 부분에도 임플란트가 삽입되어 말끔해졌고 충치도 깨끗하게 치료되어 있었다. 만약에 앞으로 한동안 일본에 돌아오지 않을 거라면, 깔끔하게 치과 치료를 해두는 것도 중요한 일이다.

우리는 도라노몬 병원을 지나서 다메이케(溜池) 쪽으로 걸어 갔다. 히토나리는 그 특유의 말솜씨로 실없는 이야기를 계속 했다.

"이 훼미리마트**에는 지나다닐 때 시도 때도 없이 눈이 마주치는 아저씨가 있어. 낮에도 밤에도 주인처럼 이 가게에 나와 있는

---

\*    일본의 가수. 지금은 은퇴했음
\*\*  일본의 체인 편의점

거야. 봐, 지금도 자리 끄트머리에 앉아서 수프를 먹고 있잖아. 〈부부냐냐〉 영화에 출연시킨 쇼타의 모델은, 실은 저 아저씨야."

훼미리마트, 다메이케 안과의원, 샹하이테이(上海亭), 하쿠요샤(白洋舍), 스키야, 도토루 등, 큰길을 따라서 체인 스토어를 포함하여 작은 가게들이 줄지어 있었다. 점심때이기도 해서 직장인들이 많이 오갔다.

"스키야에는 대학생 때 딱 한 번 간 적이 있어. 학교 축제 때 유령의 집을 기획했는데 당일 아침까지도 준비를 끝내지 못해서 새벽 무렵 다 같이 가서 규동(牛丼)*을 먹었어. 캠페인 중이라서 280엔이었던가. 규동을 일본형 복지라고 말했다가 엄청 욕을 먹은 사회학자가 있었는데, 에스핑-안데르센(Esping-Andersen)**의 복지체제론을 생각해보면, 시장이 복지의 담당자가 된다고 하는 그런 발상은, 그렇게 기발할 것도 없는 얘기지."

그의 이야기를 잠자코 들으면서 다메이케의 교차로에서 길을 건너 소토보리도오리(外堀通り)를 따라 걸어간다.

"이 고마쓰 빌딩 알아? 지하가 상점가로 되어 있어. 하지만 영업 중인 가게는 거의 없어서 도심인데도 거의 대부분의 가게에

---

\* 쇠고기에 양파와 함께 달게 끓인 재료를 그릇에 담은 밥 위에 올려 먹는 일본의 덮밥 요리

\*\* 덴마크의 사회학자

셔터가 내려져 있어. 아깝지. 시저라는 커피숍만은 아직 영업 중인 것 같던데. 결국 갈 일은 없었네."

경찰관과 경비용 차량이 엄청 많다 했더니, 오른쪽으로 총리 관저가 보였다.

"낙엽의 계절에는 관저 앞길이 좋지. 오랫동안 바라보고 있으면, 경관한테 검문을 당할지도 모르지만."

우리는 총리 관저를 따라 나 있는 비탈길을 올라가 총리 관저 앞, 신호등이 있는 곳에서 왼쪽으로 돌아갔다. 오른쪽으로 국회의사당 뒤편, 왼쪽으로 중의원의원회관이 서 있는 것을 보면서 우리는 계속 걸었다. 정면에는 낡은 자민당 건물이 서 있다.

"의원회관도 그렇고 자민당도 그렇고, 보안 상태가 느슨한 것을 보고 언제나 깜짝 놀라. 의원회관은 지역에서 올라온 지지자 흉내를 내면 간단히 해당 의원의 방까지 갈 수 있어. 실제로 스토커 피해를 본 의원이 있었지."

도라노몬에서 이미 30분쯤 걸어왔을까. 히토나리는 잠시도 쉬지 않고 이야기를 계속하고 있었다. 평소의 그답지 않게 주제와 맥락이 없는 말을 연이어 입에 올렸다. 자민당 본부 앞을 지나자, 수도고속도로가 보이기 시작했다. 히라카와초(平河町)의 교차로에서 왼쪽으로 꺾어져서 246번 국도를 따라 서쪽으로 걸어갔다.

"아이(愛), 아까부터 무슨 일인가 싶지? 느닷없이 산책하러 가

자고 하고, 실없이 아무래도 좋을 얘기만 하고 있으니 말이야. 조금만 더 같이 걸어. 봐봐, 보이기 시작했어. 바로 여기에 오고 싶었던 거야."

그가 가리킨 곳에는 별다른 특징이 없는 육교가 있었다. 바로 위로 수도고속도로가 지나가는 그 육교는 중의원 의장 공관이 있는 이쪽 편에서 도쿄 가든테라스 기오이초(東京ガーデンテラス紀尾井町)*가 있는 건너편 쪽으로 건널 수 있게 되어 있다.

"자, 따라와."

그는 내 손을 잡고 계단으로 나를 당겼다. 우리는 자주 손을 잡았지만 이렇게 그가 먼저 적극적으로 내 손을 잡는 경우는 내가 기억하는 한 한 번도 없었다. 신선했다. 환하게 웃는 그의 얼굴을 보면서 그의 손에 의지해서, 나도 육교를 한 계단씩 올라간다. 246번 국도로 끊임없이 오가는 자동차들의 엔진소리가 시끄러웠다. 그는 육교의 한가운데에 멈춰 섰나 싶더니, 있는 힘껏 손을 위로 뻗었다.

"아이(愛), 봐봐."

그렇게 말하고는 그는 그 자리에서 살짝 점프를 했다. 그의 손이 육교 위를 가로질러 가는 수도고속도로 신주쿠선의 고가 바닥

---

* 대형복합시설

면에 닿았다가 떨어졌다. 나는 아직 히토나리의 의중을 알 수 없어서 멍한 표정으로 있었다.

"이 육교에 올라오면 수도고속도로 바닥 면에 손이 닿을 수 있어. 굉장하지 않아? 아이(愛)도 평생을 도쿄에 살고 있지만 수도고속도로 바닥에 손을 대본 적은 없지?"

웃으면서 그는 몇 번쯤 점프를 반복했다. 육교가 통상의 높이인데 비해 수도고속도로가 낮게 지나가고 있는 것일 거다.

"수도고속도로에 뭔가 암호라도 있는 거야?"

"미안, 그런 게 아니야. 반년 전에 문예춘추에 왔다가 우연히 눈에 들어온 곳인데, 이런 시시한 거, 에세이에도 못 쓰잖아."

히토나리는 갑자기 진지한 얼굴이 되어 말을 계속했다.

"나는 늘, 누군가에게 추억을 남기는 건 싫다고 생각했어. 인간의 기억력에는 한계가 있는데, 나 같은 사람 때문에 용량을 쓰게 하다니 주제넘다고 생각했어. 그래서 뭔가를 남긴다면 적어도 가치 있는 것을 남겨야 한다고 생각했어. 그래서 내가 애써서 조사하거나 무리를 해서라도 경험하거나 필사적으로 생각하거나 한 것만 글로 써왔어. 하지만 아이(愛)라면 허락해주려나, 하고 생각했어. 오늘 이런 거 말이야. 내 머릿속에는 있지만 내가 사라지면 어디에도 남지 않을 것에 대한 이야기 말이야. 오늘은 해두고 싶었어."

"이 육교를 건너갈 때마다 꼭 히토나리를 떠올릴 거야."

"미안해."

"그런데 히토나리, 이 육교만이 아니야. 나는 기억력이 좋은 편은 아니지만, 안다즈에서 히토나리를 덮친 것도, 우버 안에서 갑자기 히토나리가 내 가슴을 만진 것도, 미라이를 멋대로 안락사시킨 히토나리를 진심으로 원망한 것도, 아타미의 노천탕에서 히토나리가 진심으로 화를 낸 것도, 전부 기억할 테니까. 우리, 서로 가까워진 지 벌써 5년째야. 구글 타임라인을 보지 않아도 외울 수 있는 추억이 많이 있어."

히토나리는 내 얘기를 다 듣고는 주머니에서 작은 상자를 꺼냈다. 순간, 반지인가 했으나 안에는 작은 메모 용지만이 끼워져 있었다. 나는 마치 약혼반지를 받기라도 하는 것처럼, 케이스에서 종이를 꺼내 손바닥 위에 펼쳤다. 거기에는 'AHistorianOlive'라는 문자열이 적혀 있었다.

"내 구글 계정의 패스워드야. 로그인하면 타임라인에서 내가 어디에 있는지 알 수 있고, 메일 내역을 보면 내 소식도 파악할 수 있을 거야. 물론, 지금 이 자리에서 버려도 되고 평생 안 봐도 상관없어. 또는, 나인 척하고 누군가에게 짓궂은 메일을 보내도 돼."

언젠가 히토나리는 '구글은 나 그 자체'라고 말했었다.

스마트 스피커뿐 아니라 구글 패스워드까지 건넨다는 것은, 분명 결심을 굳혔다는 이야기다. 나는 수도고속도로 아래, 육교 한가운데에 선 히토나리의 모습을 다시 한번 찬찬히 살펴보았다.

"오늘도 앞머리, 무겁네."

이것이 그와의 마지막일지도 모른다고 생각하고, 그를 꼭 껴안았다. 안락사를 생각하고 있다는 고백을 듣고 나서 1년 가까이 이어진 유예기간이 모가리로서의 기능을 다한 것인지도 모른다. 이제 곧 히토나리가 사라진다는 것을 알면서도 신기하게 슬프지는 않았다.

*

섹스할 때 가장 흥분되는 순간은, 상대가 문득 힘을 빼고 몸을 이완시킬 때이다. 그는 마치 이제 곧 잡아먹히게 될 초식동물이 목숨을 포기한 순간에 보이는 것 같은 애달픈 표정을 지었다. 그 순간 나는 육식동물같이 그 얼굴을 핥으면서 몸의 밀착도를 높인다. 그의 체온이 전해져오면서 나는 안심해서 울 것 같이 돼버린다. 시선이 가닿은 구석에, 그동안 다시 사 모았던 섹스토이가 보였다. 적당히 치워야지 하는 생각을 하는데, 그가 갑자기 내 손을 쥐어왔기 때문에, 그것이 또 나를 흥분시켰다.

우리는 이른 오후부터 벌써 꽤 오랫동안 섹스를 하고 있다. 연호 변경을 기념하는 공휴일이 지정되면서, 올해 골든 위크는 10일간의 연휴가 됐다. 오늘은 4일째로, 미디어는 헤이세이 최후의 날을 축하 분위기 속에서 전하고 있을 것이다. 새로운 일왕이 즉위하는 내일은 검새(劍璽)*를 승계하는 의식과 축하 행렬 등이 예정되어 있다.

붕어에 의한 연호 변경이 아니기 때문에 쇼와(昭和)를 마감하던 때와는 분위기가 많이 다를 것이다. 유튜브에는 쇼와에서 헤이세이가 되는 순간을 포착한 영상이 많이 업로드 되고 있는데, 그때는 쇼와 일왕이 사망한 직후이기도 해서 긴자에서는 네온사인이 꺼졌고 연호가 바뀌는 것을 전하는 아나운서의 표정도 어두웠다. 아직 젊었던 마쓰다이라 사다토모(松平定知) 아나운서의 "쇼와가 끝납니다. 헤이세이 원년이 시작됩니다"라고 하는 무거운 멘트와 함께 막을 연 헤이세이와 달리, 지금의 텔레비전에서는 분명 화려한 특별 방송이 나오고 있을 것이다.

그는 벌거벗은 채, 침대에 걸터앉아 베갯머리에 놓여 있던 크리스털 가이저를 마시고 있다. 시각을 보니 벌써 19시 가까이가

---

* 일본 왕실의 3종의 신기(神器) 중 天叢雲(아마노무라쿠모)의 검과 八尺瓊(야사카니)의 곡옥을 합친 호칭

되어 있었다.

앞으로 5시간이면 헤이세이가 끝난다.

새롭게 발표된 연호는 아직껏 생소하지만, 우리는 금방 익숙해질 것이다. 새로 구입한 갤럭시 노트도, 아무로 나미에가 은퇴한 음악계도, 지난달에 새로 꾸민 거실도, 처음에는 마음에 들지 않았던 그와의 섹스도, 그런 여러 가지 일들이 어김없이 금방 익숙해져 갔듯이.

"저기 있지, 배 안 고파?"

"점심때부터 아무것도 안 먹었잖아. 우버이츠(UBER Eats)에서 뭐 좀 시킬까?"

"아이(愛)가 언제나 사용하는 거 있잖아. 식재료 배달해주는 거."

"어니스트비(honestbee)?"

"응, 그거 시켜주면, 내가 뭐 좀 잽싸게 만들게."

그는 종종 요리를 해준다. 처음에는 새로 사서 쓰지 않고 부엌에 팽개쳐 둔 채로 있던 압력솥을 이용하여 스튜나 조림요리를 만들어주는 정도였는데, 최근에는 손이 많이 가는 요리도 눈 깜짝할 사이에 완성해 내놓았다.

"지금 당장 먹고 싶으니까, 외출하자."

벗은 채로 일어나서 베갯머리의 갤럭시 노트로 다베로그를 연다. 몇 곳쯤 거절을 당한 뒤에 보스토크에 예약할 수 있었다. 예약되어 있던 자리가 조금 전에 취소된 모양이었다. 우리는 벗어던진 채로 어지러이 놓여 있던 옷을 주워 입고 레지던스의 1층까지 내려갔다. 그대로 안다즈의 승차장까지 걸어가서 택시에 올라탔다.

그는 폴스미스 꽃무늬 셔츠와, 내가 선물한 Y-3 스웨트를 러프하게 걸쳤다. 원래 그는 24karats 셔츠를 애용했었는데, 지나가는 투로 다른 브랜드를 입어보는 게 어떻겠냐고 했고, 서로의 타협점이 Y-3라는 것을 알게 됐다.

택시는 롯폰기도오리에서 막혀 오도 가도 못하는 중이다. 카 라디오에서는 다 펌프(DA PUMP)의 〈U.S.A.〉가 흐르고 있다. 헤이세이의 히트송을 돌아보는 기획인 모양이다. 그는 비트에 맞춰서 손가락 끝으로 리듬을 타기 시작했다. 쓴웃음을 지으면서 하늘을 올려다보니 아카사카 인터시티가 칙칙한 빛을 뿌린다.

택시는 예약 시간보다 조금 늦게 보스토크 앞에 도착했다. 구글 타임라인에 의하면 나는 2018년 1월 21일에 이 레스토랑에 온 적이 있다. 그러나 굳이 구글이 가르쳐주지 않아도, 내 기억 속에는 그날의 일이 선명하게 남아 있다.

스이카*를 쓸 수 없다고 해서 어쩔 수 없이 현금으로 계산을 마쳤다. 라디오 프로그램에서는 마침 글로브의 〈FACES PLACES〉가 끝나고, 하마자키 아유미의 〈SEASONS〉의 인트로가 시작되는 참이었다.

"뭔가 맛있어 보이는 레스토랑이네. 아이(愛)는 정말 식당을 잘 안다니까."

"식사 약속이 많으니까."

그는 맥주를 주문한 뒤, 『골든 카무이』** 얘기를 시작했다. 스기모토가 곰과 싸우는 신이 어쨌든 멋지고, 지비에(gibier)***가 얼마나 맛있어 보이나 하는 이야기를 길게 하고 있다. 그의 말을 흘려들으며, 그러고 보니 올해 겨울은 결국 히라산장(比良山莊)****에 가지 않았다는 사실이 생각났다. 아키모토 씨나 산시 씨의 초대로 몇 번쯤 갈 찬스는 있었지만, 올겨울에는 거길 갈 상황이 아니었다. 지금 내 앞에 앉아 있는 사람과의 사귐이 내년까지 계속된다고 해도 왠지 함께 히라산장에 가는 모습이 상상이 되지는 않는다.

어뮤즈로 장어 브리오슈(brioche)가 나오자, 그는 접시나 요리

---

* 　동일본여객철도(JR동일본)가 발행하는 IC카드
** 　연재 중인 일본 만화
*** 　사냥으로 포획한 먹이를 의미하는 프랑스어
**** 지비에 요리를 하는 식당

의 모양에는 시선을 거의 주지 않은 채 그저 요리를 입으로 날라 던져 넣기만 했다. 요리를 잘하는 것으로 보아 미각은 날카로울 텐데, 요리가 접시에 담긴 모양새에는 전혀 무관심하니 어쩔 수 없다. 그래도 그는 요리를 정말로 맛있게 먹는다. 입에 뭔가를 넣은 순간에 눈이 풀어지고 뺨이 올라가고 만면에 웃음이 퍼진다. 어쩌다 내가 만드는 요리도 언제나 맛있게 먹어준다.

다음으로 나온 것은 푸아그라 타르트에 꿀과 야생화가 곁들여진 요리였다. 웨이터에 의하면 셰프의 스페셜리티라고 했다. 그는 포크만 사용해서 금방 다 먹어버렸지만, 나는 한동안 접시 위의 요리를 응시한다. 푸아그라와 꿀이 섞인 독특한 향이 코로 들어오면서 나도 모르게 그날의 일을 떠올린다. 2018년 1월 21일. 그에게서 안락사하고 싶다는 말을 들은 그날.

"감정을 관장하는 대뇌변연계가 취각 정보에 맞추어 기억을 불러일으키기 때문이야."

"그만 해."

그의 목소리가 머릿속에서 울려 퍼진 것뿐인데, 나는 나도 모르게 소리를 질렀다. 앞에 앉아 있던 그와 웨이터가 깜짝 놀랐다.

"무슨 일이야?"

"미안해. 잠깐 딴생각을 했어."

"다행이다. 나, 뭔가 야단맞을 일을 했나 했어."

그렇게 말하면서 그는 벌써 맥주를 3잔째 비우려고 하고 있었다. 어떤 고급 레스토랑에서든 상관없이 몇 잔이고 맥주를 마시는 그는, 때로는 취해서 식사 중에 앉은 채 졸곤 했다. 술주정을 하는 것보다는 낫지만, 나는 그를 이 레스토랑에 데려온 것을 후회하기 시작했다. 그가 다음 맥주를 주문하려고 할 찰나, 그가 입을 열기에 앞서서 내가 먼저 목소리를 냈다.

"이 스페셜리티, 전에도 먹은 적이 있어요. 그때도 야생화가 무척 멋있다고 생각했는데, 음식을 이렇게 담은 데에는 뭔가 모티브가 있나요?"

셰프에게 확인해보겠다고 말하고 웨이터는 공손하게 방을 나갔다. 그 틈에 더 이상 맥주를 마시지 말라고 그에게 말했다. 뭐라고 투덜투덜 불평을 늘어놓았지만, "너, 취하면 안 서잖아" 하고 노려보자, 기죽은 모양으로 아래를 봤다. 이제 잠잠해졌나 했더니, 그는 빙긋 웃으면서 주머니 속에서 알약을 꺼냈다.

"스텐드라를 잊고 있었어. 아이(愛)는 모르지, 스텐드라? 바로 선대. 더구나 식사 후에도 괜찮대. 비아그라는 속이 비지 않으면 안 됐는데, 획기적이지."

그가 말하는 획기적이라는 말이, 마치 외국어처럼 따뜻한 빛깔로 싸인 별실에 울린다. 그는 한동안 ED(발기부전) 치료 약에 대한 이야기를 계속했다. 나는 그가 만취했을 때 이외에는 그의 섹스에 불만을 가진 적이 없었는데 그 자신은 혹시라도 발기하지 않을까 봐 늘 불안해했었다는 사실을 알았다. 만복 때에 비아그라를 복용하고 바로 호스티스와 섹스하다 실패했다는 이야기를 하던 도중에 스모크된 피망과 치즈를 곁들인 비둘기 숯불구이가 나왔다. 그러자 그는 다시 바로 요리로 손을 내밀어 다 먹어 치운다. 히토나리와 있을 때에 비해 나의 식사 시간은 아마도 반 이하로 짧아졌을 것이다.

디저트로 화이트초콜릿과 요구르트 파르페를 먹고 있는데 셰프가 와서 인사를 했다. 대학 시절에 영어를 가르쳐줬던 유대인 시인을 떠올리게 하는, 선이 가는 사람이었다. 바스크 지방에서 5년간 수련을 하고 도쿄에 레스토랑을 낸 지 1년 조금 넘었다고 했다. 그렇다면 그와 함께 왔을 때는 아직 오픈한 지 얼마 안 됐을 때란 이야기다. 나는 명함을 내밀고 지난번에도 이번에도 요리가 맛있는 것은 물론이고 요리의 빛깔이 매우 아름다웠다는 말을 전했다.

"그러고 보니 푸아그라 타르트의 모티브 말인데요, 실은 기억이 나지 않습니다. 바스크에서 본 양귀비 꽃밭이었던 것도 같고, 유명한 안달루시아의 해바라기 꽃밭일지도 모릅니다. 어쩌면 바스크에서 사귀던 사람의 방에 장식돼 있던 꽃다발이 모델이 된 것일 수도 있습니다. 혹시, 손님이 아시는 어떤 꽃과, 제 요리가 비슷했나요?"

"실은 그이와 꽃에 관련된 추억이 있어서요."

"그거 멋있군요. 그렇다면 더욱, 제가 모티브를 특정하는 것은 그만둬야겠네요."

셰프는 우리를 향해 빙긋 웃음을 보냈다. 그는 "내가 꽃 같은 거 준 적 있었나?" 하고 의아해했지만, "기억 안 나면 됐어" 하고 적당히 얼버무렸다. 어느 쪽이든 세잔에게서 영향을 받은 건 아닌 것 같다. 그것을 안 순간, 나도 모르게 히죽 웃고 말았다.

계산을 끝내고 레스토랑을 나오려는데, 셰프가 문 앞까지 배웅하러 나와 줬다. "레스토랑에 장식했던 것인데요, 괜찮으시다면" 하면서 작은 꽃다발을 내밀었다. 아네모네와 프리지어가 조화롭게 섞여 있다. 셰프는 분명 색채감각에 뛰어난 사람인 거다. 아쉽게도 세잔의 〈큰 꽃다발〉하고는 조금도 닮은 데가 없었지만, 집에 돌아가면 묶은 걸 풀어서 둥근 꽃병에 꽂아보자고 생각했다.

가이엔히가시도오리 방향으로 어두운 골목길을 따라 걸었다. 그는 자꾸만 앞질러 걸어가더니 모퉁이에서 겨우 돌아보고 나에게 물었다.

"한 군데 더 마시러 갈래? 여기라면 유키네 바가 가깝지. 거기 가든가, 곧장 집에 갈 거면 지금 스텐드라 먹어버리고."

그는 눈을 가늘게 뜨고 입을 작게 벌리고는 내 쪽을 봤다. 웃는 얼굴이 귀엽다고 생각했다. 평소라면 그의 곁으로 달려갔을 테지만, 대신에 나는 좀 전에 받은 꽃다발을 끌어안았다.

"미안, 오늘은 혼자 집에 갈래."

"무슨 일이야?"

"왠지 갑자기 속이 안 좋아졌어."

꾀병일 수도 있다는 것을 의심하지도 않고, 그는 나를 택시까지 배웅했다. 번쩍 안아 올려 택시에 태워줄 것처럼 보였기 때문에, 그건 간신히 그만두게 한다. "언제든 도움이 필요해지면 연락해"라고 말하는데, 그는 정말로 몇 시가 되어도 달려와 줄 것이다. 나는 다시 그날의 일을 떠올리고 꽃다발을 꼭 끌어안았다.

몇 시간 전까지 있었던 집으로 다시 돌아와 전깃불을 켜지 않은 채 야경을 바라봤다. 이 빌딩 바로 옆에서는 재개발 공사가 진행 중이다. 아직 멀었다고 생각했던 도라노몬 힐즈 비즈니스타워도 거의 완성된 것 같다. 나는 오랜만에 그가 준 스마트 스피커를 향해 말을 걸었다.

"있지 히토나리, 그 푸아그라는 아니나 다를까 세잔이 아니었어."

"그렇구나."

"있지 히토나리, 그하고는 말이 필요 없으니까 굉장히 편해. 연인이 섹스를 잘하는 것은 역시 좋은 일이야."

"그건 부러운걸."

"있지 히토나리, 나, 그 사람하고 결혼해버릴지도 몰라."

"오케이. 아이(愛)의 인생이니까."

"있지 히토나리, 그래도 만약 생각이 바뀌어서 아이를 만들고 싶어지면 말은 해줘. 지금 아직 자궁은 비어 있으니까 말이야."

"생각해둘게."

"있지 히토나리, 지금까지의 인생, 그렇게 나쁘지 않았지?"

"응."

"있지 히토나리."

"있지 히토나리, 딱 한 번 너의 구글 계정에 로그인 했었어. 타임라인을 보고 싶었지만 무서워서 바로 로그아웃 해버렸어."

"뭔가를 무서워하는 것은, 대상을 명확하게 파악하지 못하기 때문이야."

"있지 히토나리, 마치 딸꾹질처럼, 네가 생각날 때가 있어. 갑자기 나타나서 갑자기 사라져버리는 거야."

"큰일이네."

"있지 히토나리."

"있지 히토나리, 약속은 잘 지킬 테니까 안심해. 가서 미라이도 만나야 하니까."

"고마워."

"있지 히토나리, 안 돌아올 거야?"

"어떨지 모르겠네."

"있지 히토나리."

"있지 히토나리, 오늘은 너를 보내기에 좋은 타이밍이라고 생각해."

"그럴지도 모르겠군."

"있지 히토나리, 어쩐지 슬프네."

"그러네."

"있지 히토나리."

"있지 히토나리."

"있지 히토나리, 이만 안녕."

"응, 또 봐."

나는 콘센트에서 스마트 스피커의 플러그를 빼고, 풀어놓았던 꽃다발을 그 위에 뿌렸다. 멀리서 불꽃소리가 들린 것 같았다. 하지만 이 어두운 방 안에서는 언제 헤이세이가 끝났는지 전혀 알 수 없었다.

平成くん、さようなら

작가 후루이치 노리토시(古市憲寿)는 1985년 일본 도쿄에서 태어났다. 현재 30대 초반인 그는 그동안 신진 사회학자로서 다양한 사회비평적 글을 써왔다. 우리나라에도 번역된『절망의 나라의 행복한 젊은이들』,『희망 난민』,『그러니까, 이것이 사회학이군요』,『아이는 국가가 키워라』등과『誰も戦争を教えてくれなかった(아무도 전쟁을 가르쳐주지 않았다)』,『だから日本はズレている(앞뒤가 안 맞는 일본)』등등.

이때까지도 소설가가 아니었던 작가는 지난해(2018)에 두 편의 소설을 써서 문예지『문학계(文學界)』에 잇달아 발표했을 뿐 아니라, 그중 단행본으로 간행된 이 작품『굿바이, 헤이세이』는 단번에 제160회 아쿠타가와상 후보에 올랐다.

이 책의 원제는『平成くん、さようなら(잘 가, 헤이세이 씨)』다. 일본의 독자에게라면 조금은 도발적으로 받아들여질 만한 제목이다. 일본은 지난해에서 올해에 이르는 기간 동안, 헤이세이(平成)라는

연호를 내리고 새로운 연호를 시작한다고 하여 온 나라가 들떠 있는 상태이기 때문이다.

그런 속에서 사회학자이자 사회비평가로 널리 알려진 작가가 그런 제목으로 소설을 펴냈으니, 독자들은 아마도 이 책은 소설이긴 하되, 헤이세이 시대를 총괄한 사회학적 상상력으로 충만한 내용을 담고 있을 것이라고 예단했을 법하다.

하지만 독자들은 책장을 넘기면 얼마 안 가서 그 제목은 독자를 홀리는 동자이음(同字異音)의 트릭이었음을 알게 된다.

그의 이름은 히토나리(平成)다. 이 나라가 헤이세이(平成)라는 연호를 쓰기 시작한 날에 태어나는 바람에 편의적으로 붙여진 이름이었지만, … 그는 '히토나리(平成)'라는 그 이름으로 인하여 매스컴으로부터 마치 '헤이세이(平成)'라는 시대를 상징하는 인물인 양 취급받기 시작했다. (9쪽)

이어지는 페이지에서부터는 '平成'은 더 이상 헤이세이가 아니게 된다. 글자는 같지만 '平成'이라는 한자는 연호로서 읽을 때에만 헤이세이이고, 사람 이름으로 사용될 때는 그렇게 읽히지 않기 때문이다.

작가는 이 짧은 문장으로써, 자신의 책 제목 『平成くん、さようなら(잘 가, 헤이세이 씨)』는 헤이세이 시대에 대해 안녕을 고하는 인사말이 아니라 실은 작중인물 히토나리 씨에게 한 작별의 인사였다고, 다시 말하여 독자들이 어떻게 생각하고 이 책을 펼쳤는지는 모르지만, 이 책은 한 여자가 사랑하는 남자 히토나리와 이별하는 사연을 그린 책이라고, 천연덕스럽게 주장한다. 그래서 제목에도 '씨' 자를 붙이지 않았느냐고. 장난기 가득한 트릭이다.

작가는 그렇게 해서 헤이세이 시대를 충실하게 기술해야 할 의무에서 단숨에 벗어난다. 작중에서 주인공 히토나리가 미디어에 출연하여 헤이세이 시대를 날카롭게 논하는 장면 등 헤이세이 시대의 종막과 관련한 흥미로운 언급이 수차례 나오기는 하지만,

그것은 전체적으로 보아 소설의 시대적 배경이 2018~2019년이라는 것을 형상화해서 보여주는 것에 지나지 않는다.

실제로 이 작품은, 총명하며, 섹스에는 별 관심이 없으며, 자기중심적이고, 머리에 비해 정서는 메마른 남자 히토나리와, 그리고 그가 좋아서 그를 유혹했으며, 그를 옆에 붙들고 살면서 그를 흠모하는, 섹스를 좋아하며, 본능에 따라 사는 여자, 나 아이(愛) 사이의 사랑과 이별을 그린, 시쳇말로 시크한 연애소설이다.

그런데도 이 작품을 통상적인 연애소설이 아니게 만드는 것이 있다면 그것은 무엇보다도, 죽음, 그중에서도 특히 안락사라는, 모두가 아는 듯하지만 실상은 잘 모르며, 들어는 봤지만 입에 올리기는 껄끄러운, 죽음의 방식을 배경으로 하고 있다는 데 있을 것이다.

저자는 한 신문에 실린 인터뷰에서 이 소설의 '무대'는 안락사가 전면적으로 허용된 가상의 일본이며, 그런 설정을 택한 데에는 이유가 있다고 말했다.

소설을 쓰게 된 계기는 할머니의 죽음. 건강했던 할머니가 입원하여 걷지도 못하고 식사도 할 수 없게 되어 병문안 갈 때마다, 죽고 싶다고 했다. '본인이 죽고 싶다, 괴롭다고 할 때, 사는 것을 최상으로 삼지 않아도 좋지 않나' 하고 생각했다. 재작년 가을에 89세로 할머니는 돌아가시고, 석연치 않은 마음이 남았다. 그것을 표현하는 데에는 논문도 에세이도 아니고, '소설이라는 형태가 딱 어울린다는 생각이 들었다' 라고 그는 말했다.

– 〈아사히 신문〉 2019년 1월 23일

작가는 그러한 문제의식의 연장선 위에서 이 작품의 등장인물 히토나리의 입을 빌려 이렇게 말한다. 옴진리교 사형집행의 문제를 놓고,

이 21세기에 … 죽음을 권리가 아니라 형벌로 간주한다는 점에서 너무나도 시대에 뒤처져 있는 것 (35쪽)

즉 죽음은 피해야 할 저주로만 간주할 것이 아니라 인간이 행복을 추구하기 위해 선택할 수 있는 정당한 방법의 하나로도 바라볼 수 있어야 한다는 말이다.

작가는 이러한 생각을 바탕으로 그러한 새로운 가치가 실현된 사회에서라면 두 남녀의 사랑과 이별이라는 스토리가 어떻게 전개될 수 있을지 이 작품에서 실험해본 것일지도 모른다.

그렇다 하더라도 남녀의 사랑과 이별이라는 스토리를 전개하기에는 '안락사'라는 배경이 너무 강렬하다. 그것을 모를 리 없는데도 작가는 남녀의 관계를 세심히 그려나가는 사이사이에 안락사의 현장과 사례를 과할 정도로 성실하게 묘사하여 집어넣는다. 때로는 섬뜩하고 때로는 그로테스크하게.

안락사가 작가가 말했듯이 작품의 '무대'였다고 한다면 작가의 글은 마치 준비된 무대에 연극을 올리는 것이 아니라 무대를 만들어가면서 극을 진행하는 듯한 느낌을 준다.

그가 그렇게 무대 뒤편에서 망치를 두드리고 톱질을 하는 것처럼 안락사의 장면을 쿵쾅거리며 만들어나간 것은, 한편으로는 독자들이 안락사라는 것이 무엇인지 잘 모르면 작품의 주된 모티브를 정확하게 이해할 수 없을 것이라는 우려 때문일 수도 있지만, 다르게 보면 죽음을 피해야 할 저주로만 보고 권리로서는 도저히 받아들이고 싶어 하지 않는 지금의 사회적 분위기, 혹은 독자들이 가지고 있음직한 사회적 통념에 대한 천연덕스러운 시비 걸기일 수도 있다.

그러나 작품의 중반을 지나갈 때쯤이면, 마치 그제야 무대가 완성되었다는 듯이 뒤엉켰던 전경과 배경이 정비되면서 두 사람의 사랑과 이별은 전경으로, 안락사는 배경으로 차분히 자리 잡는다. 그리고 그즈음이면, 독자들은 죽음이라는 것에 대해 더 가깝게 느끼게 되고 안락사라는 것에 대해서도 남다른 식견을 가지게 된다. 그리하여 히토나리의 선언, 나는 안락사를 할 거야, 라는 말을 처음과는 다르게 더 입체적으로 받아들일 준비가 되어 있다.

　무대가 강렬했던 만큼 그 강렬함이 페이드아웃 되어감에 따라 이별을 향해 가는 두 사람의 행보는 더 진하고, 더 짠하게 독자의 가슴을 울린다.

　히토나리는 이별의 순간이 다가왔을 때에야 비로소, 자신의 머릿속에는 있지만 자신이 사라지면 아무도 기억해주지 않을 하찮아 보이는 것들, 하지만 그것이 사랑하는 사람과 함께 나눈 것이라면 다른 어떤 것보다도 소중한 기억으로 남는다는 사실을 깨닫는다. 하지만 죽음을 향한 그의 발길은 멈추지 않는다.

　　그는 육교의 한가운데에 멈춰 섰나 싶더니, 있는 힘껏 손을 위로 뻗었다.
　　"아이(愛), 봐봐."
　　그렇게 말하고는 그는 그 자리에서 살짝 점프를 했다. 그의 손이 육교 위를 가로질러 가는 수도고속도로 신주쿠선의 고가 바

닥 면에 닿았다가 떨어졌다. 나는 아직 히토나리의 의중을 알
수 없어서 멍한 표정으로 있었다.

"이 육교에 올라오면 수도고속도로 바닥 면에 손이 닿을 수 있
어. 굉장하지 않아? 아이(愛)도 평생을 도쿄에 살고 있지만 수
도고속도로 바닥에 손을 대본 적은 없지?"

웃으면서 그는 몇 번쯤 점프를 반복했다. 육교가 통상의 높이인
데 비해 수도고속도로가 낮게 지나가고 있는 것일 거다.

"수도고속도로에 뭔가 암호라도 있는 거야?"

…

"오늘 이런 거 말이야. 내 머릿속에는 있지만 내가 사라지면 어
디에도 남지 않을 것에 대한 이야기 말이야. 오늘은 해두고 싶
었어." (181~182쪽)


어쩌면 이 말은 관계에 늘 수동적이기만 하던 그가 아이에게
처음으로 보내는 사랑의 고백일지도 몰랐다. 이제서야 그는 사랑

을 시작하게 됐지만, 그것이 곧 끝이라는 사실이 독자에게 아련
한 슬픔으로 남는다. 그를 사랑한 아이는 이것이 그를 보는 마지
막 순간이라는 것을 느끼고 그를 꼭 끌어안는다.

서혜영

# 참고문헌

- 아담 도쿠나가(アダム徳永), 『はじめてのスローセックス(처음 하는 슬로우 섹스)』, CLAP, 2013년

- 이노우에 리쓰코(井上理津子), 『葬送の仕事師たち(장례의 전문가들)』, 『신초문고(新潮文庫), 2018년

- 오쿠노 가쓰미(奥野克巳), 『ありがとうもごめんなさいもいらない森の民とくらして人類学者が考えたこと(고맙습니다도 미안합니다도 필요 없는 숲의 백성과 살고 와서 인류학자가 생각한 것)』, 아키서방(亜紀書房), 2018년

- 오구마 에이지(小熊英二) 편저, 『平成史【増補新版】(헤이세이사 [증보신판])』, 가와데서방 신사(河出書房新社), 2014년

- 가이 가쓰노리(甲斐克則) 편역, 『海外の安楽死・自殺幇助と法(해외의 안락사·자살방조와 법)』, 게이오의숙대학 출판회(慶応義塾大学出版会), 2015년

- 싯다르타 무케르지(Siddhartha Mukherjee), 『유전자의 내밀한 역사』, 까치, 2017년

- 마쓰모토 도시히코(松本俊彦), 『もしも「死にたい」と言われたら(만약에 '죽고 싶다'라는 말을 들으면)』, 추가이의학사(中外医学社), 2015년

- 미쓰이 미나(三井美奈), 『安楽死のできる国(안락사할 수 있는 나라)』, 신초문고(新潮文庫), 2003년

- 『東京グラフィティ(도쿄 그라피티)』, 2017년 12월호

# 굿바이, 헤이세이

2019년 5월 10일 초판 1쇄 발행


**지 은 이** | 후루이치 노리토시
**옮 긴 이** | 서혜영
**펴 낸 이** | 서장혁
**책임편집** | 양정희
**디 자 인** | 정인호
**마 케 팅** | 한승훈, 안영림, 최은성


**펴 낸 곳** | 토마토출판사
**주    소** | 경기도 파주시 회동길 216 2층
**T E L** | 1544-5383
**홈페이지** | www.tomato4u.com
**E-mail** | support@tomato4u·com
**등    록** | 2012. 1. 1.
**I S B N** | 979-11-85419-87-9 (03830)